Joker

小丑岁月

蒋一谈 著

中信出版集团 | 北京

图书在版编目（CIP）数据

小丑岁月 / 蒋一谈著. -- 北京 : 中信出版社,
2023.8
ISBN 978-7-5217-5688-3

Ⅰ.①小… Ⅱ.①蒋… Ⅲ.①幻想小说－小说集－中
国－当代 Ⅳ.①I247.7

中国国家版本馆CIP数据核字(2023)第074252号

小丑岁月

著　　者：蒋一谈
出版发行：中信出版集团股份有限公司
（北京市朝阳区东三环北路27号嘉铭中心　邮编　100020）
承 印 者：北京盛通印刷股份有限公司

开　　本：880mm × 1230mm　1/32　　印　　张：8.5　　字　　数：150千字
版　　次：2023年8月第1版　　印　　次：2023年8月第1次印刷
书　　号：ISBN 978-7-5217-5688-3
定　　价：58.00元

服务热线：400-600-8099
投稿邮箱：author@citicpub.com

目录

序：第一步

很久以前，或许读小学的时候，看到夜晚暴雨天的闪电我会失眠，担心闪电之刀把我切成薄片。“闪电焦虑”随着时间的推移慢慢减弱，可是宇宙科学的玄奥又让我感到眩晕。我母亲曾在学校图书馆工作，下课后我蹲在书架旁读我喜欢的科学书籍。我思考宇宙科学，越往下想，越想不明白，不知道宇宙的边界在哪儿，可是又很想知道，这种思考的眩晕感就好像大脑内部有数不清的蚂蚁集结爬行。

后来，思考宇宙的眩晕感减弱了，因为我在一本书上读到过：人类的知识被神秘之手限定死了，十八世纪的人类只能用十八世纪的知识，十九世纪的人类只能用十九世纪的知识，二十世纪的人类只能用二十世纪的知识，我们现在处于二十一世纪，但我们无法提前享用二十二世纪的知识，人类无法跨越时间，而那些未来的知识其实已经飘浮在宇宙空间，等待着有理想、有勇气的人类去发现。我同时记住了这一点：知识有限，对人类而言，知识永远不可能被平均分配。

我之前对科幻小说抱有偏见，觉得科幻小说和武侠小说一样，是类型化的流行文学。大约在 2011 年，我忽然间意识到金庸的伟大，因为他满足了中国人和海外华人在虚构世界里体验爱恨情仇的综合欲念。再读阿瑟·克拉克、菲利普·迪克等科幻大师的作品，我意识到自己错了。他们作品里的诗意、哲思、奇崛和冷峻，那些对人类的过往、现实和未来做出的极致的想象和反思，让我意识到杰出的科幻小说超越了传统文学意义上的故事和人物概念，呈现了人类文化的差异和文明的意义——人类文化的差异揭示了人类历史的丰富性，而文明能剔除文化间的隔膜和差异，寻找出人类情感和认知的共性。我同时感觉到，科学精神、浪漫精神和决绝精神，或许是科幻文学的合一精神。

这些年，我一直写作现实生活小说，2021 年深秋，我突然有了写作科幻小说的冲动，那是一种从零起步的写作冲动。人与自然（环境），人与机器，人与太空，这是世界科幻文学主要的表现题材。我相信爱、恨、慈悲与理解是具体的，而非泛化的。我决定先从人与机器的切口进入。

这些科幻短篇小说，先后发表于《收获》《天涯》《上海文学》《山花》《大家》《花城》《芙蓉》《小说月报·原创版》等文学杂志，《小说月报》《小说选刊》《新华文摘》《长江文艺·好小说》《读者》等转载过其中的作品。心存感谢。

我要感谢我的妻子陈雪梅，她的批评和鼓励非常真实，让我看到自己的很多不足。

趁生命气息逗留

你我透过夜的裂隙

瞥见追光人的身影

小丑岁月

白天很短，现在是夜晚，随时是夜晚，夜晚漫长。时间空虚而漫长，人类历史看似久远，其实什么事都没发生，现在经历的也会烟消云散。人类啊，你们的所作所为，无非是为了满足自私的心。

机器人泰坦扶着铁锹，站在地下避难所出入口，默默重复着计算机博士林达的临终遗言。泰坦把林达的遗体深埋在地下，避免被其他动物挖走吃掉。眼前的世界一片死寂，暮色完全降临之前，所有留在荒芜废墟上的白色事物都有其神秘性。

一阵风吹过，空气中的微粒无声无息地给废墟蒙上一层灰黄色，滞重的辐射云堆积在天空，断裂的钢铁建筑和脚手架，早已变成异形雕塑。泰坦监视着眼前的一切。阿德防护服上的金属材质在微弱的光线下隐约闪烁，且越来越近，泰坦快步迎上去，伸出前肢磁力钳，从阿德手中接过道具箱。阿德在防护服里喘着粗气，泰坦指着前方的一堆熔渣说道：“林博士走了，我把他埋在那儿了。”

阿德几天前想到了这一幕，他望着那堆熔渣沉默了一会儿，从道具箱里掏出小丑脸谱，戴在头盔上面，又取出手杖握在手里，轻声感叹：“本来是昨晚表演的，我感冒了，浑身没劲。林博士喜欢卓别林，我给他表演一段，算是送别吧。”

阿德甩动手杖扭动肢体，围着熔渣走了好几圈，模仿着卓别林的标志性动作。之后，他静静地站在那儿，在心里自言自语：“林博士，我差不多也要走了……”

泰坦按下电钮，关闭了阻挡辐射性物质的避难所防护门，随后用消毒水和喷雾剂清洗阿德防护服上的辐射粉尘，取下挂在防护服上的无线电、辐射探测仪、望远镜、氧气罐、防身佩刀和饮水瓶。阿德摘掉头盔，从衬垫里掏出一只飞蛾放在泰坦手上。飞蛾是黄褐色的，小巧轻盈，翅膀上的花纹让泰坦想到人类的昔日花园。最后，阿德解开金属片绑腿，脱掉金属防滑靴，脸上带着笑，心里却有一块坚硬的冰。

阿德率先走进电梯，若有所思地搓着手，眼角泛出一丝冷光，他持续的沉默让他黝黑的下巴更为明显。电梯停稳后，阿德的脸上露出领悟的神情，忍不住倒抽了一口冷气。

四面是金属墙、人造光线，巨型管道像蚯蚓洞穴般交错延伸，人造食品和过滤后的桶装水堆放在过道两边。

墩墩的笑声从里面传出来，孩子的笑声是悬浮在地下世界里的笑容，泰坦朝笑容走去。阿德走进休息室，路纳正坐在里面写日记，他掏出一根烟递给阿德，恓惶地笑了笑："还剩下半包烟。"

"二号避难所还有三人，四号避难所还有四人，五号避难所还有六人。"

"二号避难所不是有四人吗？"

"今天被机器人杀死一个。"阿德小声说道。

"被机器人杀死一个？"路纳惊恐地瞪大眼睛。

"林博士早一点来就好了。"阿德竭力平复着呼吸。

路纳重重地叹了一口气，在日记里补充了几笔。阿德把香烟一分为二，把小半截香烟夹在嘴边，点上后深吸一口，缓缓说道："二号避难所机器人守卫，遭受了过量辐射，大脑神经和电路传输系统出现紊乱，现在机器人已经被销毁。林博士来的时候提醒过大家，机器人一旦出现异常情况，应该马上控制住，实在修不好就马上销毁，可是他们太大意了。现在林博士走了，没人能修好机器人。我得通知四号和五号避难所，让他们仔细留意机器人守卫。"

"机器人杀死人类，真没想到……"

阿德理了理凌乱的头发，用力拍打膝盖。"林博士说过，因为有机器人三定律的约束，机器人不会伤害人类，更不会杀死人类，但三定律程序只在正常的生存条件下起作用。核大战之后，机器人三定律程序和其他软件程序，会被过量的核辐射和其他放射性物质损坏。”

“泰坦会杀死我们吗？”

阿德看了一眼路纳，没有说话。泰坦是一号避难所的机器人守卫，尽职尽责地工作，深得大家的信赖。阿德长舒一口气，缓缓说道：“三号避难所里的那些人离开了这里，二号避难所里的这些人也要离开了，他们今晚就出发，不想在这里苦等飞船。”阿德站起身，“我们找一套最大号的防护服，泰坦去外面工作的时候一定要穿上，预防他的程序软件受到损坏。”

阿德走进隔壁控制室，关严屋门后打开无线电。四号避难所联系不上，他能听见五号避难所的无线电回应，但放射性物质干扰着无线电通信，通信连接器里传出来的要么是刺啦刺啦的噪声，要么是沙沙沙沙的静噪声，无法保持完整的通话。

路纳推门进来，对阿德说：“你脸色不好，吃完饭早点休息吧。”

这时，飞蛾飞进了休息室，接着是墩墩的声音：“飞蛾，飞蛾，你别跑，我们一起玩吧！”墩墩是孤儿，还不到五岁，他的父母在第二波核弹袭击中化成了烟尘。

飞蛾在阿德的肩膀上停落，路纳有不好的预感。他在心里默念着一句古老的谚语：每一只飞蛾都承载了一个先人的灵魂。

阿德躺下后久久不能入眠。林达博士的遗物整整齐齐地摆在另一张床上，这是某种暗示，但他并不害怕。人总是要死的，尽管自己遭遇了人类最大的劫难，但他是目击证人，而且还是暂时的幸存者。正像路纳所说，多活一日，就多记录一些人类的日记，他在避难所里的小丑表演节目也一定要坚持下去。

阿德之前是马戏团里的小丑演员，负责正式演出前的暖场，配合售票员卖票，在演出期间穿插表演让观众发笑的小节目。阿德在马戏团里的地位和收入远远比不上高空杂技演员、猫狗训练师和驯兽师，但他并不在意这些，他从小就喜欢模仿小丑的表演，没想到这个爱好后来变成了自己的饭碗。

阿德给很多人送去欢声笑语，但他心里很清楚，洗去小丑的妆容，脱下小丑的服饰道具，他是最普通的男人，或者说，他或许是好人堆里的那个坏人，坏人堆里的那个好人，没有多少高尚情操，爱钱爱女人，胆小怕事，但阿德知道自己不会欺负穷人，因为他就是穷人。阿德在避难所表演节目，舒缓了幸存者的抑郁和绝望情绪，他为自己感到高兴。后来，为了让附近的避难所里都有笑声，他开始在几个避难所里轮流表演，一周表演五场，非常辛苦，但脸上总带着笑。

迷迷糊糊的当口，墩墩的笑声把他扰醒。可怜的孩子。核战之前和核战初期，有权有钱的人类逃到了月球，剩下的尽是平民百姓和穷困阶层。一年前，有消息在避难区之间流传，逃到月球的少数人类正组织飞船飞回地球，把幸存者陆陆续续送往月球基地，但之后的消息越来越少。

阿德含着叹息入梦。他看见天鹅绒般湿漉漉的苔藓，松软的绿世界鼓励他脱掉鞋子，在一大片草坪上漫步。空气湿润芬芳。不远处，躺在草坪上懒洋洋的年轻人，有的读书，有的打瞌睡，有的睁着眼做白日梦，那些手拉手在湖边散步的是甜蜜的恋人。

穿过一层薄雾，一片更开阔的五彩地带在阿德眼前铺展开来。鲜花，果树，瀑布，森林和丘陵绵延不绝，生机勃勃。一群身穿白色裙子的小女孩在澄净柔和的蓝色天空下奔跑，向动物形状的云团招手，裙子上的粉色蝴蝶结像真的蝴蝶。他看见自己的女儿也在里面，而他的妻子突然穿过树林跑进人群，一把抱起女儿向更远处的树林里跑去，阿德紧紧追赶，却被一扇突然落下的黑色大门阻挡了脚步……核弹爆炸的那一刻，她们母女俩在哪里？阿德不知道，他只知道自己抱着道具箱，在地铁里昏昏欲睡。

第二天早晨，阿德把防护服递给泰坦，泰坦接过防护服，眨了眨眼。

“林博士说过，核辐射会损伤机器人的大脑神经，你穿上防护服预防一下。”

泰坦摆弄着防护服，笑着说：“防护服是不是小了点？头盔倒是能用。”

阿德喜欢听泰坦说话。泰坦的声音充满金属质感，听起来有些单调，但这种单调里又散发出从容不迫和全神贯注的魅力。路纳找来剪刀，把防护服剪成几大块围在泰坦胸前比试，他约略知道，除了机器人的大脑部位，机器人胸腔里的电子元件应该是最多的。

阿德吃完早饭走进控制室，拿起无线电，四号和五号避难所依旧联系不上。阿德穿上防护服，提上道具箱，走进升降电梯。阿德通常在下午的时候去避难所表演，但现在是非常时期。阿德走到防护门旁边，做了两次深呼吸，依然感觉呼吸不畅，伸手调整了头盔里的氧气阀，顺便拧紧固定头盔耳机的旋钮。泰坦按下电控开关，防护门“砰”的一声打开。泰坦熟悉这种声音——蓄电装置里的电流已经很少了，需要尽快启动手摇发电机储存电流。

“再见，阿德老师！”

“泰坦，再见。”

阿德踩着碎石和松软的灰烬往前走，眼前和脚下的一切就像路纳形容的那样——废弃的弹坑像血盆大口，而废墟的轮廓散发出残酷虚无的美感。人类的遗物比比皆是：铁丝网，破漏的沙袋，金属板路障，隔离墩，丛生的杂草，惨白的尸骨碎片，炭化的动物残骸，废弃的街道，扭曲的汽车，丑陋的地表伤痕，成堆的瓦砾，半熔的机器，巨大的辐射坑，液化的金属，断裂的污水管，摇摇晃晃的钢筋……这是满目疮痍、死气沉沉的世界。

早一点遇见林博士就好了，阿德忍不住这样想。机器人三定律一旦失效，机器人会变成自由的机器人，而过量辐射对程序软件造成的损伤，会导致更为复杂的局面：即使失去了机器人三定律的约束，机器人在没有受到人类威胁和伤害的前提下，不会主动伤害人类，但现在的情形相当危险，那些被过量辐射损伤的软件程序，会影响机器人的思维和电路系统，让他们无法做出准确的判断，进而失去控制行为的能力。

想到这儿，阿德的后背泛起彻骨的凉意。机器人真的会杀死人类。他举起望远镜，又放下了——眼前的视野非常开阔，仅凭肉眼就能看到几公里之外，但他看不见人类的身影。除了灰烬还是灰烬，光秃秃的树干倍显凋零。

耳边是嘀嗒嘀嗒的声响，过量辐射区就在前方不远处，但这一次不是辐射坑，而是一个蠕动的物体。阿德放下道具箱，拔出佩刀仔细观察，一条瘸腿的瘦狗从灰烬里爬出来，吃力地向阿德靠近。嘀嗒声越来越快，辐射量在明显增强，阿德猛踢脚边的灰烬，想吓走瘦狗，瘦狗缩着身体停下来，呆呆地望着阿德，想要讨要食物。阿德身上只有一瓶水，他拧开瓶盖，把饮水瓶抛到远处，瘦狗夹着尾巴跑过去，大口大口吞食着泥水。

嘀嗒的警报声并没有解除，阿德决定绕道而行，今天先去五号避难所表演。前方的路不好走，他必须先绕过一个巨大的辐射深坑，不能失足掉下去，防护服也不能被坑道边的钢铁利器划伤，一条两米多宽的排水沟一直通向五号避难所，但排水沟拐弯处的辐射量远高于其他区域，阿德只能半路退回来寻找其他通路。他向右转，顺着明显的斜坡走下去，穿过由粗糙的花岗岩和沙砾堆砌成的好几米厚的防护墙，希望能尽快踩到平坦的路面，他忽然想起来，他现在所在的位置是之前的商业银行，如今这里的深坑或许是地下金库。出于本能，他四处看了看，或许能瞥见散落在灰烬里的金条和金砖，不过随后他笑着离开了。

爬完上升的路面，阿德累得气喘吁吁，他必须垂下头，眼睛盯着沾满灰烬的防护靴，才能获得内在的力量继续前进，但他又无法说清内在的力量究竟是什么。他感到了茫然，而站在坡顶的那一刻，他忽然想起师父讲过的一个寓言：人类厮杀之后，大地上尸横遍野，一头狮子站在山顶看见了这一幕，陷入了迷惑——狮子为了填饱肚子才去猎杀，吃饱后绝不会继续猎杀，人类不吃人类的尸体，为什么要杀死这么多人呢？

阿德叹了口气，继续前行。“要微笑着面对这个世界，眼神平视或者低垂，能付出多少就付出多少，即使世界没有给你回馈。”阿德想起师父的教诲和叮嘱。或许是这样吧。总有一天，一切会变得不一样，你也会变得不一样。阿德的脸上浮现出自我鼓励的微笑，眼底闪烁着激动的泪花。核弹爆炸的那一刻，师父在做什么？或许师父正在屋顶上晒太阳，一瞬间化成了空气。

拐了两个弯之后，阿德站在了五号避难所门前。他打开无线电，通知下面打开防护门。他没听见回应，每个避难所都有瞭望镜，他们可以看见门外的身影。又过了一会儿，从无线电里传出急促的声音：“阿德，我看见你了，你先不要进来！我们的机器人守卫出了问题，一直不停地奔跑，损坏了很多设备和食品，根本不听我们的命令……”无线电信号时断时续。阿德急忙喊道：“林博士去世了，现在没人能修好机器人，你们要把机器人控制住！二号避难所的机器人守卫已经杀死了一个人！”

“好的！明白！”

阿德的胸口一阵憋闷。他靠在断壁上调整呼吸，突然间，五号避难所的防护门打开了，机器人守卫跑了出来，差一点把阿德撞倒。他一直往前奔跑，像失控的金属动物，奔跑的路线弯弯曲曲，没有一点规律。阿德猜测，机器人的视觉神经、坐标定位和肢体控制系统肯定出了问题。三个身穿防护服的男人追了出来，每个人的手里都拿着绳子和铁链。机器人已经在烟尘里消失了。他们愣在原地，语气慌乱而沮丧。

“吓死我了！”

“机器人真的会疯啊！”

“还真是头一回见！”

“我刚才听他说，他讨厌人类！”

“我们怎么办？”

“机器人会杀死我们的！”

“不能这样待下去了。”

“我不想被机器人杀死！”

“我们去其他地方的避难所看看吧。”

“人生就是去外面‘赌博’，不能在这儿等死！”

“我们今晚就走！”

“阿德，你跟我们一起走吗？”

阿德不置可否地看着他们。三个人朝阿德挥了挥手，迅速返回了地下避难所。阿德咽了口唾沫，再次陷入了茫然。道具箱就在脚边，这一刻像一个无声的笑话。还是去四号避难所看看吧。阿德抬起僵硬的腿，尽可能快地往前走，他越走越快，几乎要跑起来。

距离四号避难所还有二十多米远的时候，阿德实在走不动了，靠着矮墙坐下，喘着粗气，脸色苍白，喉结不停地滚动。他感觉到自己的心脏像成熟的果实，随时会颤动着裂开。这样的话，压抑和恐惧就结束了，一切都结束了——这样也是挺好的。

阿德随后对自己充满了赞叹之情——但现在还不是死亡的时候。他挪动身体，取下无线电，呼叫四号避难所，听见的却是机器人的电子声音："我看见你了。"阿德环顾周围，没看见人影，恐慌的情绪再次在防护服里涌动。他扶墙站起来，抬头的瞬间看见一张机器人的金属脸，不觉大吃一惊，跌坐在地。

"你是一号避难所的阿德，那个小丑演员。"

阿德不停地点头，听见机器人的电子神经元咔嗒咔嗒地响着。

"听我的指挥，坐着别动！"

阿德注视着机器人，满眼迷惑，心跳和喘气的声音就在耳边。机器人站在阿德前面，双腿左右摇摆，双臂高过头顶，不停地旋转，接着来了几个劈叉，随后是好几个侧手翻和倒立旋转。最后，机器人双手撑地，倒立着走了几圈，并让脚尖并拢，双腿形成一个椭圆形状。阿德当然知道，这是他表演时的常规动作。机器人恢复正常站姿，弯腰捡起一根木棍，开始模仿卓别林的动作和行走姿态。机器人又在模仿他。机器人的后背上有伤痕和裂缝，某些肢体连接部位已经生锈腐蚀，他无法确定那些红褐色的散点印痕是不是辐射斑。

“我的表演怎么样？”

阿德用力点头。

“到底怎么样？”

阿德竖起两个大拇指，不停地晃动。

“从现在开始，我是小丑演员，你不再是小丑演员，我剥夺了你的表演权利。现在，我们去一号避难所演出吧。”机器人抓住阿德的胳膊，一抬手一缩臂把阿德抱在了胸前，伸出脚猛踩道具箱。

“我的道具箱！”阿德一阵心疼。

“你不再是小丑演员！”

“道具箱……”阿德几乎要哭了。

“四号避难所里的人类已经去月球了，我送他们去的，你想去月球吗？”

阿德惊恐万分，汗珠顺着额头滚落下来。阿德躺在机器人的臂弯里一晃一晃的，像坐古代的轿子，但现在根本不是怀旧的时候。阿德听见机器人的胸口里面持续发出低沉的嗡嗡声。

“你……你叫什么名字？”阿德想缓和气氛。

“你去四号避难所这么多次，从没问过我的名字。”

这是事实。除了泰坦，阿德不知道其他机器人守卫的名字。

“你是不是觉得，机器人没有必要有自己的名字？”

阿德摇了摇头，不敢看机器人的眼睛。那一刻，他有点惭愧。

“我现在有了新名字，我的名字叫小丑。”

“这个名字好听！”阿德笑不出来。

“我剥夺了你的名字。”机器人笑了两声。

“好的……”

他们已经穿越了一号避难所，阿德没有说话。继续往前走是二号避难所，阿德不知道下一步该怎么办。机器人突然紧走几步，接着跑步向前，在一堆金属垃圾前面停下脚步，同时松开了手臂，阿德跟着滑落在地。眼前是一堆机器人被拆解后的残骸。阿德知道，二号避难所的机器人守卫杀死了人，其他人又拆解了他，但拆解后的机器人应该被埋掉，不应该随便丢在外面。阿德是这样想的。

自称小丑的机器人蹲下身，抚摸着金属零件和电路线，举起断裂的钛合金躯体，对着浑浊的光线照了照，接着把机器人残缺的脑袋捧在手中，嘴里发出怪异的声响……阿德不能再等，悄悄退到瓦砾后面，用尽最大的力气朝一号避难所跑去，他一边跑一边对着无线电呼喊：“泰坦，快出来救我！泰坦，快出来救我！”

泰坦打开防护门的那一刻，愤怒的机器人即将冲到一号避难所。泰坦迅速挡在阿德身前，守护着阿德。

“杀死人类！杀死人类！”

“你干什么！”泰坦喊道。

泰坦的装扮让机器人停下脚步。

“你是机器人，还是人类？”

泰坦一把扯掉头盔，喊道：“你想干什么！”

“人类杀死了我们，我们要杀死人类！”

“你胡说！”

“你闪开，我要杀死他！”

“泰坦，这个机器人疯了！”阿德喊道。

“杀死人类！杀！”

“你站住！”

泰坦伸出手臂，用力挡住机器人的撞击，他们随后扭打在一起，在灰烬里翻滚。机器人和机器人搏杀，阿德还是头一次看见，他木然地呆立在那儿，心惊肉跳，喘不过气，心脏好像停止了跳动。路纳在瞭望镜里看见了这一幕，来不及穿防护服，提着铁锹冲了出来。

“我们是机器人，我们是同类！杀死人类！”

“我有责任保护人类！”泰坦喊道。

这一刻，泰坦已经被机器人压翻在地，机器人举起拳头砸向泰坦，泰坦弹出前臂磁力钳，插进机器人的右胳膊，路纳抡起铁锹猛砸机器人的脑袋。一下，两下，三下，四下……机器人的脑袋破裂后歪向一边，电子元件和小零件从里面纷纷掉落，机器人挣扎着移动视线，用尽全力向后甩动左手臂，手指快速划过路纳的喉咙，一大股鲜血喷溅而出。路纳丢掉铁锹，双手捂住喉咙跪在地上，浑身不停地抽搐。阿德扑上去抱住路纳，大声呼喊着，路纳看着阿德，嘴唇一直抖动，却说不出一句话。他的眼神渐渐涣散，最后失去了呼吸。阿德举起铁锹，猛砸机器人颤动的躯体，直至他不再动弹。

在这之后，阿德和泰坦一句话也没说，他们挖了两个深坑，埋葬了路纳和那个机器人。泰坦陪着阿德沿路走向四号避难所，找回了破裂的道具箱——小丑脸谱、小丑红鼻子、小丑尖顶帽、小丑衣服和化妆盒还在，手杖断成了三截，化妆镜裂成了碎片。阿德告诉泰坦，四号避难所的人类全死了，五号避难所的机器人也疯了，那里的人类也离开了这里。这片区域，五个避难所里只有一号避难所还有活着的人类。

墩墩在过道里玩耍，飞蛾在他头顶上优雅地颤动翅膀。阿德在休息室里修补道具箱，泰坦坐在他对面，轻声问道："阿德老师，我会变疯吗？"

"核辐射的确会损坏机器人的软件程序和电路系统……"

“我变疯了，会杀死你和墩墩吗？”

阿德沉默不语。泰坦低下头，看着自己的双手。

“我是机器人，机器人应该保护人类，为人类工作。我不会伤害你，不会伤害墩墩。”

墩墩听见泰坦叫他的名字，从休息室门口探出小脑袋，笑了笑，又跑远了。过了一会儿，泰坦低声说道：“核辐射会永远存在的……”他似乎意识到了什么，看着阿德，却欲言又止。

“泰坦，你想说什么？”

“我……我想看你表演。”

这不是泰坦的真心话。阿德预感到了什么，又无法确定会发生什么。此时的阿德，已经精疲力竭，但他不想让泰坦失望。

阿德打开化妆盒，捡起一块小小的镜片。阿德之前的妆容是复古小丑造型：白白的脸，在特别显眼的棕红色嘴唇外面勾画一圈黑边，眼睛上下涂有水鸭蓝三角色块，眉毛描成红色，且要完美对称，小丑的鼻子道具是重中之重，就像龙的眼睛，是点睛之笔。复古小丑的脸，一半光亮一半阴影，一半快乐一半悲伤。小丑的世界总是一分为二。

而现在，阿德的心绪忽然间有了变化，这一年经历过的画面在眼前叠加重复，让他恍惚且迷失。他眨了眨眼，似乎清醒了一些：纯白色、青色、碱性红、园林绿、纯黑色；

脸底是纯白色。开始化眼妆了，阿德在青色里混了一点园林绿，他第一次这样调色。之后，他把一点纯黑色混入了碱性红，开始慢慢涂抹。眉毛是稀疏的红色，越自然越好，嘴唇要涂成血红色的，棕红色过于轻佻，弃之不用。没必要在红嘴唇外面再画一圈黑边。没有必要。红鼻子道具没法用了，直接画一个红鼻子即可，既醒目又自然。不需要太多的晕染。不需要。阿德脸上的色彩，那些眼睛和眉毛上的色块，打破了完美的对称，形成一种既怪异又新鲜的氛围和情绪，那是眼下的辛酸和阴郁。

泰坦定定地望着阿德，一动不动，像一尊半身雕像。

阿德是被一阵痒痒弄醒的，他慢慢睁开眼，那只飞蛾正在脸颊上缓缓移动，翅膀触碰着他的眼睫毛、眉毛和额头，阿德细细回味着这一刻——那是妻子抚摸自己的触电感觉，温柔而轻盈，从头顶到脚心。

阿德听见墩墩的呼吸。

“阿德叔叔，泰坦离开这里了，他让我们待在避难所里，不要离开。”

“泰坦……还说了什么？”

“他说要帮我们寻找飞船。”

阿德闭上眼睛。

“阿德叔叔，你像伤心的孙悟空。”

墩墩领着飞蛾跑远了。伤心的孙悟空。阿德撇了撇嘴角，两滴眼泪顺势滑落下来，随着眼泪流进嘴里的还有油彩的味道……昨晚，言语是多余的，阿德为泰坦跳小丑的舞蹈，那是即兴编排的动作，出于本能，让身体顺从自由意志。泰坦站起身，拉着阿德的手，两个人一起跳舞，跳了很长时间，谁也没有说话……

脑部的疼痛和肠胃的翻腾折磨着阿德。长期生活在地下的人，都是营养不良的。脸色苍白、关节隆起、皮肤干燥粗糙、眼神呆滞、面无表情……在各个避难所之间，阿德已经做了自己能做的事。

阿德起床后顾不上卸妆，直接跑向了防护门。防护门处于锁闭状态，也就是说，如果阿德不从里面打开防护门，泰坦就无法进入地下避难所，他和墩墩是安全的。阿德为泰坦感到伤心，同时心存感激，他蹲在地上，双手抓挠自己的头发。后来，阿德垂着脑袋，一步一步走回控制室，打开无线电，试图联系泰坦，听见的却是沙沙沙沙的静噪声。

避难所附近缺乏枯树和可燃物，泰坦一直往前走，在一个两三米高的垃圾堆旁停下脚步。他把枯树枝和可燃物堆放在上面，燃起一堆篝火。夜色降临，泰坦在周围漫无目的地查看，一会儿快走，一会儿跑步，像地球上最后的巡逻队员。

一个犯罪嫌疑人正在靠近篝火，泰坦快速往回跑，一边跑一边喊：“站住！你是谁?”对方看了他一眼，没有说话，直接跳进了篝火。泰坦收住脚步，因为他已经看清楚，跳进篝火的是机器人——可能是那个发疯的五号避难所机器人守卫。

机器人的身影在篝火里燃起一团耀眼的金属火焰，泰坦听见电子元件噼里啪啦爆裂的声响，还听见这样的声音：“杀死人类，杀死人类……”火焰顶端变成了蓝色，接着蓝色迅速消失，机器人的身影随后变矮，并开始熔化……这一夜，泰坦是在迷茫的状态下度过的，而泰坦不需要黑夜，他需要一个更高的篝火平台，燃起更高的篝火，把地球上的求救信息传送给可能路过的飞船。

之后的日子，泰坦开始了连续不断的工作。枯树枝、破旧的栅栏、塑料布、破败的衣物、朽坏的门窗、零散的家具、残存的轮胎……它们越积越多，越堆越高，让那些可怜的鸟类看见了生存的希望。

泰坦日夜不休，搭起了一座几十米高的篝火平台，泰坦继续堆积，篝火平台的高度超过了一百米，接着是一百二十米、一百五十米、两百米……

点火吧。

熊熊大火向天空绽放。

烟灰和碎屑落在泰坦的头顶和脸上，泰坦好像长出了自己的头发和胡须。

泰坦的拳头重重地砸在防护门上，防护门上布满了深深的凹坑。墩墩推醒了阿德，阿德凑近瞭望镜，外面漆黑一片，但借着手电筒的亮光，他看见泰坦的身影，泰坦旁边站着一个身穿防护服的人类。他们在交流，同时用手势比画着。

“泰坦！泰坦！”阿德抓起无线电，大声呼喊着。

“阿德老师，飞船来了！你和墩墩上来吧！”

阿德摇了摇头，眼泪直接掉在地上。他给墩墩穿上防护服，自己也穿上防护服，一只手抱起墩墩，一只手抓住道具箱。墩墩双手捂着飞蛾，嘻嘻笑着。到了防护门旁边，阿德用下巴按压电钮，防护门缓缓滑开，泰坦接过墩墩，扶着阿德，往另一个方向走去。

阿德远远地看见了空中的火焰，他起初以为那是飞船或飞机在空中爆炸产生的火团，但随后他告诉自己，那就是高台上稳稳的火焰，像空中的圣火。

飞船停落在前方，泰坦快走几步，把墩墩移交给飞船上的领航员，阿德看着眼前的飞船，慢慢停下脚步。泰坦回望着阿德，大声说道：“阿德老师，快上飞船，他们还要去其他地方接人！”阿德的脸上浮现出笑意，他摇了摇头，说道：“你和墩墩上飞船吧。泰坦，再见！墩墩，再见！”

“阿德叔叔，再见！”

泰坦跑到阿德身边，阿德这样说：“我不想去月球了。”

“为什么？”

“小丑演员是为平民百姓和穷人服务的，月球上的人类不太适合我。”

泰坦默默地看着阿德。

“再见，墩墩！把飞蛾照顾好！”

“好的，阿德叔叔。再见！”

泰坦跑向飞船，协助领航员关闭舱门，他只需迈一步就能登上飞船，但他没有这样做。飞船升空的瞬间，飞扬的灰烬将阿德和泰坦遮蔽了，高台上的火焰使劲摇摆，发出类似于欢呼的声音。阿德望着火焰，心里五味杂陈，而泰坦的背影让他的脸上露出了笑容。无论未来发生什么，都是可以接受的——即使泰坦疯掉了，杀死了他，他也没什么遗憾。

禅七

我至今记得物理老师弥留之际说过的话："我走的时候，最好下着雨，这样我会离天更近些……"现在，他躺在鲜花丛中，面容安详。"沈老师是我这辈子最难忘的老师。"吴菲泪眼婆娑地说，捂着嘴跑出了告别室。我把鲜花放在沈老师身边。沈老师唯一的儿子站在母亲身旁，低垂眼帘，双手合十表达谢意。我这是第一次见到他，十年前，我们听说他违背父亲的意愿，放弃攻读数学博士学位，考入了佛学院研究禅学。

吴菲坐在树荫里，我走过去坐在她对面。她喃喃低语："初二的时候，我已经决定将来学物理和计算机专业。"一只鸟在天上飞，我看着它渐渐遁入虚空的影子，说道："你还记得沈老师的苹果课吗？"吴菲马上回应："当然记得，就是这堂课影响了我。"

我们没再说话，一起陷入回忆。那堂苹果课，沈老师在黑板上写下了这些文字：“为什么人在下坠的过程中，感觉不到自身的重量？”接着拿出一大一小两个苹果，讲解伽利略的重大发现，并告诉我们，在忽略空气阻力的情况下，受重力影响的物体，比如这两个苹果，其加速度与其质量无关，它们几乎会同时落地。我们记下笔记，似懂非懂。沈老师看了看窗外，随后用力挥手，带领我们全班同学来到附近游乐场的速降塔下面，他掏出钱包买票，安排我和另外两位同学去街上买苹果，给我们每人分一个。

我们跟着沈老师坐在速降塔座椅上，固定好身体，沈老师对我们说：“等速降塔升到最高处，我们把苹果拿出来，速降塔落下去的瞬间，我们松开手里的苹果，我们会和苹果一起下坠，因为重力的影响，我们不会感觉到苹果在下坠，它反而像是悬浮在空中，我们也感觉不到自身的重量，为什么呢？因为我们周围的一切，都在以同样的加速度向下坠落。”那天，速降塔下面落了一地的苹果，红红绿绿的，有的摔烂了，有的摔瘪了。我们吃着苹果，回味着坠落的感觉，说说笑笑地回到了学校。

不知过了多久，吴菲站起身，边走边说：“沈老师的儿子快出来了，我跟他说几句话。”几分钟之后，吴菲回来对我说：“他现在是一灯法师，我想请他帮忙，看能不能让公司的机器人去他们禅院测试一下。”

“去禅院测试?”我很迷惑,“机器人也学禅?”

“现在机器人市场很稳定,竞争也大,公司需要推出更智能、更高级、更贴心的机器人产品。我们意外发现在禅学和禅乐的影响下,机器人神经系统的自我生成能力会有所改变。”

“机器人学禅,机器禅……”

“你说对了,就是机器禅,现在有精神疾病的人越来越多,我们研发机器人禅师,希望他们能担任现代人的生活陪伴者和心灵疏导师。我们会根据禅院测试结果,决定机器人禅师的上市时间。老同学,你在媒体工作,到时候多给我们宣传啊。”

我对机器人不陌生,现在很多行业都在用机器人,商场、酒店、咖啡馆、电影院、游乐场、医院里都有机器人的身影,人们也不再觉得新鲜,但不知怎的,我对机器人禅师还是充满了好奇。

“我能看看机器人禅师吗?”

“当然可以,你要是没事,现在就去我们公司吧。”

在密闭而明亮的房间里,我见到一个机器人安安静静地站在扶手架中间。在我的认知里,机器人是一台可移动的非有机体设备,可以是人形,可以是非人形。机器人不是一台计算机,但可以在机器人体内安装 AI 程序。我眼前的这个机器人是人形的，只是还没有穿上衣服，透过银灰色外罩，里面的钛合金支架和骨骼隐约可见。

“传感器在这里，”吴菲一边指点一边说，“用来模仿人类的感官。这是平衡陀螺仪，模仿掌管人类身体平衡的内耳前庭。剩下的你都知道，摄像机是眼睛，麦克风是耳朵。”

“机器人的皮肤呢？”

吴菲笑起来。“人造皮肤是现成的，手感几乎和人类的皮肤一模一样，可以调节温度和湿度，皮肤上的汗毛逼真极了。”她边说边打开机器人的电源开关，我看见机器人的眼睛闪了两下。

“吴老师，你好。”机器人说。

“你想站着说话，还是坐着说话？”吴菲回应道。

“那就站着说吧。”机器人说。

“老同学，你想说什么？”

“你好，见到你很高兴。”我向机器人挥了挥手。

机器人向我挥挥手：“你好，你需要我做什么？”

“我……我想问你几个问题。”

“好的。”机器人说。

“你叫什么名字？”

“我还没有名字。”

吴菲在一旁插话：“很快就会有了。”

我故意拉长语调说道：“你可以给自己起个名字。”

“我也是这么想的，不过还没想好。”

“你知道你是机器人吗？”

“是的，我是第十一代机器人。我会牢记机器人三定律，你需要我背一下吗？”

我看着吴菲，吴菲笑着点了点头。

“阿西莫夫机器人三定律。定律一：机器人不得伤害人类个体，或因不作为而让人类个体受到伤害。定律二：机器人必须服从人类的命令，除非这些命令与第一定律相冲突。定律三：机器人必须保护自己，只要这种保护不与第一或第二定律冲突。阿西莫夫在 1986 年增加了第零定律，并让这条定律具有最高优先等级，超过了第一定律：机器人必须保证人类整体的利益不受伤害，其他三条定律都是在这一前提下才成立。”

我决定从另一个角度问话：“不管你是第几代机器人，你还得依靠人类的意识去执行，我这么说你会有挫折感吗？”

“不会的，”机器人说，“我很高兴与人类一起工作，我会把自己使用到最大程度，那也是有责任感的机器人希望做到的。”

“现在的机器人能懂责任感？”我看着吴菲，有点惊讶。

“其实是程序认知能力，这个不难，机器人研发难就难在情绪感知计算能力的提升。日常生活里，人类至少有七十五种情绪，非常复杂，现在脑机接口和意识移植计算能力还在迭代中，需要进一步研究。事实上，已经有机构在实验机器人肾上腺素算法，模拟人类的意识和情绪，增强机器人的系统感知能力。”

“肾上腺素算法？”我不是很明白。

吴菲示意我出去后再谈这个话题。我再次注视机器人，我注视他的时间有十几秒，机器人也同样看着我。我在想，如果机器人眼眶里面的摄像头换成眼珠晶体，我是否还会这样注视他？吴菲走过去，想关掉机器人的电源开关，机器人突然说话了：“人类有人类的责任感，机器人有机器人的责任感。我会记住的。”

“你说得很好。”吴菲说道。

“谢谢吴老师。”机器人说，声音里有愉悦。

吴菲对我耳语：“机器人和人类一样，也喜欢听表扬。”

“我能再问一个问题吗？”我对机器人说。

“好的。”

“什么是禅？”

“禅是思惟，也是定慧。”机器人这样回答。

“请再说一遍好吗？”

“禅是一枝花。”机器人说道。

送我出去的路上，吴菲告诉我，未来的机器人不仅会思考，还必须具有理解周围世界并能与世界进行交互的智慧和能力，这也是机器人与 AI 的根本区别。吴菲的眼神和语气，让我感觉到她对这台机器人模拟系统和内容逻辑单元的自信，以及对机器人禅师去禅院测试的期待。她同时告诉我，肾上腺素算法无疑能提升机器人的感知能力，但如果有机构将肾上腺素里面的冰冷数据植入机器人的程序系统，机器人很可能变成杀人机器。

当天晚上，我接到吴菲的电话。她对我说，一灯法师看在她是沈老师学生的情分上，同意机器人去禅院测试，但她能察觉到一灯法师对机器人没有兴趣，他对现代科技都没有兴趣。一灯法师告诉吴菲，禅院要举办一场禅文化交流活动，可以去活动现场测试机器人，但测试时间不能过长。吴菲邀请我一起去，叮嘱我在禅院里不要说“机器人禅师”这五个字，免得一灯法师不舒服。

我们一行三人坐在面包车里。我之前一直好奇，机器人正式露面的时候，五官相貌和气质到底什么样，会穿什么样的衣服。吴菲看出了我的疑惑，对我说：“我们本来想给机器人穿禅修服装，和一灯法师交流后，心里有了顾忌，决定让机器人素面登场，这样反而没有了心理负担，我们测试的是机器人对周围环境的感受和交互应答能力，配备皮肤和服装也没有多大的必要了。”我点头称是。

禅院坐落在山脚下，四周有茂密的竹林和几户乡野人家。山峦绵延起伏，茂盛的植物顺滑了山的陡峭。司机拉开车门，吴菲打开了机器人的电源开关。

“吴老师好。”机器人说。

吴菲握了握机器人的手，说道：“这次就看你的表现了。这是周老师，我的中学同学，你们上次见过面。”

“周老师好。”机器人看着我说道。

我笑着挥了挥手。下车时，机器人有意识地走在前面，站在车门口扶着我们下车。说实话，我既意外又高兴。我们往禅院走去，我观察机器人的步态，自然舒缓，同时又很轻巧，如果穿上人类的服装和鞋子，很难分辨出这到底是机器人的步伐还是人类的步伐。现代科技的发展真是惊人。快走到禅院门口时，机器人停下了脚步。

“吴老师，我想好自己的名字了。”机器人说道。

“好啊，叫什么名字？”吴菲问道。

“禅七。”机器人说。

“禅七？”吴菲没反应过来。

“禅修的人会打禅七。”机器人接着说。

“真是个好名字！”吴菲的嘴角露出笑意。

我也喜欢这个名字。自然而然，信手拈来。

禅院里一片幽静，没有其他人影，树丛里有鸟声和蝉鸣。我们在院子里站了一会儿，一位工作人员挑开竹帘走出来端详禅七，随后和吴菲交谈了几句，便领着我们向禅院后面走去，他边走边说：“一灯法师在禅堂，活动快开始了。”

我们经过一片田畦和一个小操场，有人握着单杠锻炼身体，两三只猫咪跳跃着追逐，跑进了草丛。我的脚尖碰到一块石头，身体一趔趄，禅七及时伸出手臂扶住了我。

“禅七，谢谢你。”我说。

“周老师，你是第一个正式叫我名字的人类。”

工作人员小声嘀咕着：“禅七？机器人的名字叫禅七？哪个禅？哪个七？”

禅七马上说道：“坐禅的禅，禅七的七。”

他笑了笑，不解地摇了摇头。说话间，我们已到了禅堂。一灯法师正在讲话，我们悄悄进去，在后面的椅子上坐下，一灯法师看见了我们，略作停顿，接着用舒缓的语调说道：“欢迎大家来到这里。上一次的活动是我先讲，大家再提问，今天的活动变一下顺序，大家先提问，有什么问题可以说出来。一些朋友跟我说过，在家里的时候，心里有很多问题，到了禅堂，问题好像消失了，回到家之后，心里的问题又会冒出来。禅堂是修行空间，也是暂时的逃避所，但逃避是逃避不了的，心里的问题终究要靠心法解决。我希望大家把心里的迷惑说出来。我还想说的是，今天来了一位特别的客人，我父亲的一位学生问我能不能让他们公司研发的机器人来禅院和大家交流，我本来是想拒绝的，我一直对现代科技敬而远之，我后来改变想法的原因只有一个，那就是我也想看看机器人的真实表现，大家有什么问题可以向机器人提问。下面，请机器人坐到前面来。”

说完这些话，一灯法师面无表情地站起身，让出了主座。一灯法师开门见山的言语让吴菲有些慌乱，没想到禅七镇定自若地站起来，向前走去，周围的听众一边议论一边注视着禅七。禅七走到前台停下，微微低头，双手合十，问候道：“法师好。”一灯法师双手合十回礼，指了指座椅，随后在旁边的椅子上坐下。禅七坐下后，目视听众，一动不动。

“一灯法师，什么问题都可以提吗？”有人问道。

“今天是禅文化活动，时间有限，围绕主题提问比较好。”一灯法师说。

“机器人，我可以这样叫你吗？”

“可以的，不过我有名字。我的名字叫禅七，坐禅的禅，禅七的七。”

禅七说完，台下的气氛明显活跃了。

“机器人的声音挺好听的。”

“我们总裁家有一个机器人，专门做饭，还能带孩子。”

“我们老板也有一个机器人，专门陪他打高尔夫球。”

“机器人，你会做什么？”

“我喜欢思考，”禅七说道，“我的名字叫禅七。”

“禅七，你知道什么是出家吗？”

“有在家，就有出家。”禅七说。

“机器人，你觉得人有灵魂吗？”这个提问的声音明显有挑衅的味道。等台下安静下来，禅七说道：“人类相信自己有灵魂，相信人死后灵魂会轮回。我的名字叫禅七。”

“禅七，什么是灵魂？你能说一下吗？”

“灵魂是人类身体里的某种东西，”禅七说，“很特别的东西。”

“某种东西？到底是什么东西？”

“我也在思考。”禅七说。

“机器人就是一台机器，一堆金属，怎么可能懂灵魂。笑话。”

“就是，机器人哪能懂灵魂。”

“肉体需要医生，灵魂需要牧人。”禅七说道。

一灯法师一直在静听，我发现他的身体明显动了一下。很显然，禅七的话让台下安静了一会儿。有人小声重复：“肉体需要医生，灵魂需要牧人。有点意思。”

吴菲紧张的神情缓和了不少。

“那你觉得肉体和灵魂，哪一个更重要？”

“肉体和灵魂密不可分，”禅七说道，“先认识肉体，再研究肉体，才能超越肉体。一个人的肉体疼痛是最真实的疼痛，这种疼痛只有他自己能体会，别人无法体会，也无法代替他体会。”

“不是说要放下肉身吗？”

禅七这样回应：“人活在世上，认识自己是最大的难题。从肉体开始，一个人才能认识自己，记得自己。这是一个起点。不认识自己肉体的人只好欺骗自己。”

我看见一灯法师眉头微皱，喉结快速地滑动了两下。

“禅七，我有一个问题，”一个戴眼镜的中年男人站起来说道，“我是大学老师，也是所谓的知识分子，但我不想以知识分子自居，因为我看不惯身边的知识界同行，这也是我禅修的原因。你是机器人，掌握了很多知识和技能，你觉得什么样的知识才能有益于二十一世纪的人类？谢谢。”

台下一片寂静，每个人都在倾听。吴菲支起脖颈，双手紧紧握在一起，时不时抖动一下。禅七这样说道：“知识是物质，物质是能量，无论是在地球还是去太空，人类都离不开能量，而人类的能量是有限的，能量来自知识，而知识是有限的……”

“这是什么循环论证？”有人插话。

禅七接着说道：“十九世纪的人类只能用十九世纪的知识，二十世纪的人类只能用二十世纪的知识，二十一世纪的人类只能用二十一世纪的知识。知识就在那儿，就在远方，就在天上，而人类无法提前看到，也无法提前创造自己。”

“那你觉得什么样的知识对人类有益？”

“知识是有限的，”禅七说道，“面对有限的知识，只是‘看’是不够的，要‘看见’，‘看见’知识才是对知识的尊重。人类的知识是有限的，知识无法平均分配，能量无法平均分配。”

“这机器人到底在说什么？”

“这机器人是不是瞧不起人类？”

“你觉得人类会毁灭吗？”

“我会保护人类。”禅七说。

“你觉得地球会毁灭吗？”

“会毁灭，但不是现在。”禅七说。

我看见吴菲的身体抖动了一下，脸上是惊讶的表情。

“那你会怎样保护地球？”

“保护地球是人类的事情，我负责保护人类。”禅七说。

禅七的话引来一阵笑声。

“禅七，你觉得什么是自由？”

“过于依赖安全感，会摧毁自由。”禅七说。

“禅七，你觉得你自由吗？”

片刻的沉默。禅七慢慢说道：“我是人类制造出来的。没有责任感就没有自由。我有保护人类的责任。”

“禅七，我禅修了好几年，还是很难领会禅与生活的关系，怎么办？”

禅七说道：“禅是心态。看电影的时候，你会沉浸在电影故事和人物里面，忘记了头顶放映机发出的光，这束光灭了，电影画面也就消逝了，你看到的其实是光影的幻象。再比如，你看电影的时候想去卫生间，于是起身去了卫生间，因为你知道，你只是在看电影，去卫生间更要紧。等你回到座位，还会继续看电影，也不会因为中途出去漏看了电影片段而生自己的气，因为你知道，你看的是电影。生活也是一场电影，要把生活画面看成电影画面，漏看的画面肯定会有，那就漏过去好了，生活里有遗憾，让遗憾过去好了。生活就是一场电影。”

“说得好！”

“生活就是一场电影……”

“是这个道理。”

“没想到机器人这么厉害。”

“深入浅出，通俗易懂。”

“我好像明白了一些……”

“我也是。”

“我也正想这个问题呢。”

一阵风吹来，竹枝推开了禅堂窗户。禅七看着窗外的竹林，说道：“向虫子学习，因为人类也是虫子……”台下一阵骚动。

“机器人说人类是虫子！”有人站起来抗议。

“好家伙！”

“这机器人真有胆！”

禅七不为所动，继续说道：“竹子里的虫子想出来，它往上爬，没爬出来，因为竹子太长了；它往下爬，没爬出来，因为竹根很坚硬。虫子决定横着爬，于是爬出来了……”

突然间，一灯法师站起身说道：“好了，时间差不多了。”

禅七随后起身，面对一灯法师，双手合十说道：“谢谢法师。”

我不知道吴菲是否察觉到了，反正我看见一灯法师的表情和动作很不自然，禅七向我们走来的时候，他一直低头整理桌上的书本。我在心里为禅七鼓掌。

很显然，这一次测试相当成功，我为吴菲感到高兴，我同时觉得，写一篇禅七的专题采访不仅有必要而且会引起意外的反响。吴菲赞成我的提议，让我先准备采访提纲，公司公关部会抓紧时间审阅。

回去的路上，吴菲看着禅七，皱着眉头，眼神里有迷惑也有喜悦。

我问了禅七一个问题：“你的记忆库里储存了这么多的人物和他们的思想见解，你最佩服的人是谁？”禅七没有丝毫的停顿，回答道：“我最佩服的是这样一类人，他们有足够的条件，也有足够的办法选择他们想居住的地方，并能享受他们那个时代最舒适的生活方式，但他们却选择偏僻之地作为自己的居所，省思人类的现状和未来。”

说实话，禅七的回答带给我很大的震动。

吴菲关掉禅七的电源，愉快地说：“机器人的自我生成能力总是让人惊喜！”

“机器人是怎样做到的？”

“老同学，这是机器人深度神经延展模型的功劳，他们能根据物理世界的交互场域，调整之前的神经网络计算资源和内存资源。”

我掏出纸和笔，快速记下关键词：海量数据集、大规模分布式训练、模型加速和压缩、网络剪枝、知识蒸馏、张量分解、迁移学习……后来，我们又聊到一灯法师。吴菲告诉我，这些年，沈老师和一灯法师一直没有往来，沈老师去世他才过来送别。一灯法师在佛学院毕业后，到寺院继续研修，后来不知什么原因，离开寺院云游了很长时间，听说还在煤矿上过班，他好像一直有心事。吴菲摇了摇头，最后说道：“沈老师一生热爱科技，一灯法师却讨厌科技，唉，父子俩都是固执的人。”

就在我约定把采访提纲发给吴菲的前一天，吴菲打来电话，语气里满是意外和激动：“老同学，真没想到，一灯法师告诉我，他的师父慧然法师后天上午在禅院主持一场禅修会，请我们参加。可我现在不在北京，你能不能和禅七一起去，我派工作人员陪同。我觉得多测试一次更放心一些。”我爽快地答应了。

我们去禅院的当天，天空布满灰云。走进禅堂，我发现之前的座椅已经换成一个个蒲团，整齐地摆放在地板上。

陪同人员看出了我的疑惑，对我说，禅七的肢体有极大的灵活性，可以摆出任何坐姿。

一灯法师陪同慧然法师走进禅堂，我们一起鼓掌，随后在蒲团上坐下。我们和上次一样坐在后面的位置，一灯法师走过来，让我和禅七坐到最前面。慧然法师看见了禅七，点了点头，禅七双手合十还礼，我也跟着双手合十还礼，动作显得笨拙可笑。看得出来，慧然法师的眼神里有慈祥、善意和耐心。

慧然法师环视众人，双手合握，缓缓说道："常言道，无心人说话，最怕有心人听，却又正要有心人听。我佛出世，作狮子吼，发海潮音，天雨四华，地摇六动，有心人正在那儿听。"慧然法师停顿下来，接着说道，"人心，人是什么，心是什么？"像是自言自语，又像是询问大家。

禅堂里一片静默。

"人是一台机器。"慧然法师一字一句地说，说完之后，他微笑着看向禅七，随后收回眼神，继续说道，"这台机器，从早到晚重复地工作，毫无怨言，不知疲倦，我们得感谢它，感谢它的方式就是了解它。了解它什么呢？"

这时，一位工作人员把一杯茶水放在慧然法师脚边，慧然法师的手指轻轻点了点地板，接着说道："一些人练习各种呼吸法，觉得改变呼吸节奏能把身体调养好。这可不是好方法。请问诸位，什么是呼吸？"慧然法师把问题抛给大家，但没有人应答。慧然法师看着禅七，眼神里有试探，也有期待。禅七笔直的身体动了一下，说道：“一个人的呼吸，就是他的时间，一呼一吸之间的感觉，就是他的当下。”

慧然法师的嘴角露出笑意，坐在旁边的一灯法师面无表情。

“人活着，要认识自己，如果不能认识自己，祈祷就是自我安慰，没有用的，”慧然法师喝了一小口茶，接着说道，“了解了呼吸，才能了解身体，才能了解心。什么是心？心是如何成长的？”

慧然法师停下话头，望着众人，还是没有人回答。慧然法师再次望向禅七，正要收回眼神的时候，禅七说道：“人类的心是人类最大的宇宙。心要进入真正的思考状态，也就是矛与盾的状态，一正一反的状态，才会有摩擦和否定，有了摩擦和否定，心才会成长。”

慧然法师点了点头，嘴角的笑意更明显了，他注视着禅七说道：“长话儿与他一个短说，深话儿与他一个浅说。你说得好。”我看见一灯法师低垂着眼帘，在蒲团上挪动了一下身体。

慧然法师接着说道：“谁不想舒舒服服过一生呢？谁都想，我年轻的时候也这么想，这是人的本性。可是，为了心的成长，一个人要把自己看成另外一个人，要把自己陌生化。在座的诸位，吃喝玩乐是看得见的，内在的东西才属于你，哪怕属于你的时间很短，几个月，或者一年半载，也是值得努力的。”

慧然法师的言语深深印在我心里。

有人问道：“法师，陌生化就是有意跟自己过不去吗？”

慧然法师回答道：“简单说，陌生化就是跳出自己的舒适区，打破固有的习惯。”

又有人接着问道：“法师，您刚才不是说，打破习惯、改变呼吸是不好的吗？”

慧然法师笑着说：“呼吸是生命法则，行为、意识和语言是个人习惯，不属于一个层面。”

周围的人纷纷议论。慧然法师对大家说：“我给入门弟子讲过，习惯了‘停顿’才能离禅更近。现在，你们盘腿坐在这儿，而你们平时的习惯坐姿不是这样的，所以盘腿而坐就是平常坐姿的陌生化，这也是身体上的‘停顿’。你的身体即是你的肉体。”

禅七挺了挺上半身，他似乎感应到了慧然法师言谈的力量。

慧然法师继续说道：“弟子们放松活动时，我喊一声‘停’，他们停在那儿一动不动了。正在说话的继续张大嘴巴，不能把嘴巴闭上；端茶杯喝水的把杯子放在嘴边，杯子再热也不能放下，挠痒痒的，继续把手指头放在痒痒处一动不动。我喊‘了’，他们才能恢复自然的动作。这个过程中，如果身体支撑不住倒下去，那就让身体倒下去，但不能想着保护自己。”

“法师，为什么要这样呢？人不是要追求自然而然吗？”

慧然法师沉默片刻，说道：“心性涣散可不是生命的自然而然。身体的停顿，类似于逆水行舟，你不能松懈，你必须毫不迟疑、全神贯注，同时提醒自己加强意志力，控制身体肌肉的运动。你必须克服自己的不习惯。”

“法师，我在家里也能自己练习动作停顿吗？”

慧然法师笑了笑，说道：“你让自己停下来的时候，那已经是你意识到的口令了，而停顿训练需要意外的口令，需要另外一个声音，你必须有耐心和专注力，捕捉那个声音。”最后，慧然法师这样总结：身体的停顿训练是一项集体活动，只有专业人士才能发出“停”和“了”的口令。

一灯法师护送慧然法师离场，我们鼓掌目送，之后我和禅七随听众走出禅堂。大家先是兴奋地讨论慧然法师的言谈，接着把禅七围拢起来。我转身向旁边走去，因为在这一刻，我忽然想远一点观察禅七，禅七的语速和语调果然有人类的感觉，逼真而细微，我知道这是暂时的幻觉，然而这幻觉却带给我从未有过的奇异感受。

“一灯法师，我们也来玩一玩‘停’的游戏吧。”有人喊道。

我回转身，看见一灯法师走向禅堂，另一个人补充道：“在放松的状态下才能做这个身体训练，我们该做什么就做什么，法师发出口令，我们马上停下来即可。”一灯法师沉默着走进禅堂，把门关上，旁边的人觉得一灯法师没有兴趣陪我们玩，于是也就放松下来。有人站在石头后面偷偷点上一支烟，有人走向小操场，抓起单杠玩起来，有人双手叉腰，前仰后合地做着运动，有人边走路边低头沉思。

我走向禅七，而禅七对单杠产生了兴趣，径直走过去，我也跟了过去。很显然，这是禅七第一次看见单杠，单杠上的人一会儿引体向上，一会儿摆动身体晃来晃去，禅七静静地看，像一尊机器雕像。

“停！”一灯法师突然间大喊了一声。

四周一下子安静了，而单杠上的人不知如何是好，身体失去平衡，一个闪失掉下单杠，禅七马上伸直手臂迎上去抱住他，却因失去平衡摔倒在地。

“我说了‘停’，谁都不能动！”一灯法师加重语气斥责禅七。

“我想保护人类，我能保护人类。”

这是禅七的声音，我的余光看见禅七躺在地上，站起来的动作显得僵硬。停顿的时间还在持续。我刚才正准备抬腿迈上一块石头，听到口令我得继续保持抬腿的姿势，肌肉的酸痛感一阵阵袭来，我提醒自己坚持住。

“了！”一灯法师终于发出了口令。

所有的人放松下来，“哎哟”“哎哟”的叫声此起彼伏。

我急忙走向禅七：“禅七，你没事吧？”

禅七没有说话，抬头看着单杠，伸直手臂，向上一跳抓住杠把，先是让身体垂立，自然摇晃，之后让身体慢慢稳定。机器人玩单杠肯定新鲜，其他人说笑着围拢过来。在身体几乎完全静止的状态下，禅七先是完成半身引体向上，停顿几秒后，再完成全身引体向上。接着，禅七开始在单杠上翻转，周围的人纷纷鼓掌。

“停！”一灯法师突然的喊声，把我们吓了一跳。

我们立即静止不动，而禅七还在单杠上旋转。

“禅七，法师喊停了。”有人小声提醒。

禅七肯定听见了。我心里清楚，此时此刻，禅七紧握杠把让身体随重力自然下垂即可停顿，或者说，禅七凭借机械手臂的力量，完全可以手握杠把，脑袋朝下，在单杠上垂直倒立停顿。我对此没有丝毫怀疑。

可是，出乎所有人的意料，禅七在单杠上回旋的幅度越来越大，速度越来越快了。那是全身的绕杠动作，整个单杠被禅七的旋转带动得摇晃起来，眼看着就要散架，甚至拔地而起。

“禅七，小心！”我在慌乱中叫了一声。

“不准说话！”一灯法师马上阻止我。

我感受到一阵阵风，同时感觉到了危险，我忽然想起机器人三定律，再次喊道："禅七，机器人可以保护自己！你要保护自己！"

"啊！"周围的人在喊。

我看见禅七飞向空中，像一团发光旋转的迷雾。

"啊！"更多的人喊起来。

禅七摔在巨大的岩石上面，先前的身体飞散成了碎块。我跑过去，手心里全是汗。禅七果然是机器人，我看见散落一地的电路板、传动装置、机械肺、感知传感器、系统处理器、肢体吸盘……我还看见禅七残缺的手。

"太可惜了。"

"这机器人挺聪明的。"

"不可惜，机器人可以复制，这个坏了，再造一个。"

我握紧禅七的手。透过人群，我看见一灯法师站在那儿，嘴角露出笑意，随后转身离去。

经过这家酒馆，不管有没有心情进去喝一杯，阿塔都会下意识地扫一眼橱窗上的文字：人生是一场游戏，你后来才知道，游戏的赌注是生死。他对这些文字多少有些麻木了，看一眼只是为了证明自己还活着。一个微醉的女人踉踉跄跄走出酒馆，杯子里的酒泼洒在他身上，他们就这样认识了，随后开始约会，做那些该做的事。女人没有问阿塔的姓名，也没问他做什么工作，她只说自己叫呆呆，喜欢边喝酒边发呆。

阿塔希望女人多了解他一点，哪怕装装样子也行，可是女人对此不感兴趣，阿塔只好边跟她亲热边在心里自言自语：我是阿塔，32 岁，职业大学毕业，垃圾清运厂司机，每天和丽丽一起清运城市垃圾，我喜欢这份工作，不费脑筋，也没那么累，有时候我会觉得那些花花绿绿的垃圾，很像色彩斑斓的装饰艺术品。丽丽是机器人，他们说劳动机器人不需要性别，也不需要衣服，可是在我心里，丽丽是可爱的女孩，她的名字就是我起的。说实话，我大部分的工作是丽丽完成的，我只需要坐在驾驶室，按下相应的按钮，协助丽丽把垃圾装进车厢，摆好垃圾桶，把垃圾运送到废物处理厂。回到车间，我会给丽丽冲水洗澡，把她擦拭干净，临走时我给她充上电，握握她的手，跟她说再见，要不然丽丽会生气。

女人和阿塔约会一个月之后消失了。呆呆，他偶尔在梦里叫这个名字。今天傍晚，阿塔下班回家经过酒馆，竟然忘记抬头看橱窗上的文字，脚步迈过去之后才想起来。他停下脚步，失神了一会儿。还是转身回去，把之前的习惯动作重新来一遍。他是这样想的，却没这样做，因为在这一刻，屁股的疼痛感忽然间占据了他的神经。

半小时之前，他坐轻子车回家。轻子车是城际无人驾驶交通工具，每一辆最多乘坐四人，外形酷似轻巧迷人的太空舱，数量庞大，招手即停，遍布大街小巷，一天二十四小时无声无息地运行，市民出行乘坐完全免费。如果说他对这座城市有所留恋的话，轻子车无疑是最难忘的。整个车厢里就阿塔一个人，下车的时候，车门没有像往常那样轻盈地闪开，他环顾车厢，后退一步后又靠近车门，车门寂然不动，他以为轻子车出了故障，索性坐下来等待。几秒钟之后，他感觉到座位的异样，一股尖锐的气体突然刺向他的屁股，他跳起来，摸着屁股，看着座椅，他没看见烟雾，也没看见任何空洞，正当他迷惑不解的时候，一个女人的声音在车厢里飘浮：“你今天不是免费乘客，需要补缴乘车费，五十个轻子币。”

“为什么？”这些年，他坐轻子车从未缴过车费。

“这是国家战略智库发布的最新规定。”

“刚才的座椅怎么了？”

“你除了补乘车费，还需要接受气针的惩罚。”

“这到底是怎么回事？”他完全无法理解。

“今天中午发布的新规，乘客须遵守以下规则才能免费乘坐。在轻子车里，乘客要进入思考状态，思考国家的未来，这样的公民才能免费乘坐轻子车；无所事事、到处闲逛的人可以乘坐轻子车，但需要支付乘车费，并接受气针的惩罚。请放心，气针不会对人体造成伤害，只是一个暂时的疼痛提醒。时代需要会思考的公民，需要会思考的大脑。你刚才在车厢里脑袋一片空白，什么也没思考，轻子车通过探测你的脑电波和视觉神经做出了判断。感谢你的理解和配合。”

“思考什么？”

“思考国家发展和科学问题，思考你对国家做出了什么贡献。乘客之间也可以交流科学话题。”

“我每天清运城市垃圾，不是贡献吗？”

“你的工作机器人也能胜任。补缴乘车费后，车门会自动打开。”

阿塔无语了。科学问题，什么是科学？科学是什么？阿塔一边补缴乘车费一边思考着，如此熟悉的词语，他无法用一句话给自己解释清楚。女人的声音再次响起：“你刚才在思考科学。哲学家康德说过，科学是系统化的知识，智慧是有组织的生活。时代需要会思考的大脑。祝你愉快，再见。”

阿塔的后背有点发凉，这股凉意甚至掩盖了屁股的疼痛感。轻子车轻松抓取并分析了他的脑电波，这让他既惊讶又慌乱。阿塔迷迷糊糊地下了车，轻子车迅速关闭车门，瞬间漂移走了。

阿塔回到家，脱下外衣和内裤，对着镜子察看屁股，皮肤上什么痕迹也没有，疼痛感也消失了。他索性光着屁股走来走去，窗外街道上有嘈杂的声音，他走到阳台，顺手关了屋里的灯，使对面阳台上的人无法看见他。

“什么狗屁规定，我就不爱思考，我就喜欢脑袋空空的。”

“我的屁股到现在还疼着呢！”

“我也被气针刺了一下，疼死了。”

“时代需要会思考的大脑，但不是每个人都能思考，都会思考。”

“一位思想家说过，人类如果不再思考，吃了睡，醒了吃，就跟猪差不多了。”

“话可以这么说，可我不想当思想家。”

“我也不想。”

是啊，思考什么呢？一天三顿饭，有时候吃两顿，上班下班，回家睡觉，无聊的时候去酒馆喝几杯，到处是免费的电影、音乐和网络游戏，就这样平平常常地过日子，还能想什么呢？阿塔摇了摇头，穿上衣服，快步下楼走向酒馆。

出乎他的想象，酒馆里很安静，那些熟客朝他挥了挥手，继续小声议论着什么。黑九是他最熟悉的酒友，一缕紫色的发辫从额前延伸到脑后，把他光溜溜的头皮一分为二。黑九是机器人博物馆日常保养员，负责机器人和观众的游戏互动，智商极高，喜欢预言。黑九走过来，搂着阿塔的肩膀，调笑道：“我昨晚就梦见你的屁股被气针刺了，就不告诉你。”阿塔知道他在开玩笑，笑着点了点头。

“知道为什么吗？”

阿塔摇摇头。

“人类文明已经从 0.7 级发展到了 0.85 级，距离 Ⅰ 类文明还差 0.15，如果我们在舒适圈里无所事事，游手好闲，让大脑停止思考，满足于现状，未来将变得更为遥远。”

阿塔明白了新规发布的背景，他忍不住感慨，现在的人宁愿腿脚受累，也不愿意思考，因为思考让人疲惫，让人无精打采，而且有时候，思考类似于杞人忧天的精神消耗，给自己的生活徒增烦扰。难得糊涂，说的就是多思无用。

黑九给阿塔普及宇宙文明的分级，他有一搭没一搭地听着。黑九说了一大堆，阿塔记忆最深的就是前面这几句：人类到了Ⅰ类文明，能控制太阳系所有行星的能量来源，还能控制、采集、使用投射到地球上的全部阳光，人类可以随意控制或修改天气，改变飓风的方向，也能轻易改变陨石或彗星的方向，人类还能在海洋上建造巨大的城市。什么Ⅱ类文明的太空电梯、戴森球和环形世界，时间太过久远，他更没有兴趣。阿塔记得很清楚，读书那会儿，很多同学的梦想是当宇航员，他的梦想是娶妻生子，过安稳的日子。

“梦游什么呢？”黑九把他推醒。

阿塔眨了眨眼，看着酒馆里慢慢升腾的烟雾，他想到轻子车里那个女人的提醒：你的工作机器人也能胜任。他随后想到丽丽。如果我的工作被丽丽取代，我不会生丽丽的气，如果被其他机器人取代，我一定找机会报复，把那个机器人砸烂，阿塔就是这么想的。

“明天坐轻子车的人一定很少，”黑九晃着脑袋说道，“机器人乘坐轻子车不会受到限制，他们本来就喜欢思考。”

酒馆里的机器人蛋挞走过来，把两杯酒放在桌上，说道：“黑九先生，谢谢你找朋友修好了我的视觉转向阀门，这两杯酒是老板送给你们的。”黑九道了谢，看蛋挞转身离开，小声对阿塔说："我的朋友修好了他的视觉转向阀门，我顺手把他后腰直立启动神经线拔掉了两根，过几天又会找我来修，到时候咱哥俩再喝免费酒。老板平时太小气，得治治他。"

一辆轻子车在身旁缓慢漂移，像懂事乖巧的大玩具，只要阿塔递个眼神，它就会停稳，打开车门，说一声："早安，欢迎您。"阿塔想了想，决定步行上班，昨天屁股的疼痛感依然记忆犹新。五十个轻子币也不是小数目啊，至少可以买两杯上好的老酒呢，我和黑九一人一杯。

从家里到公司有六公里远，阿塔很久没走过这么长的路了，中途休息了两次。大街上的行人明显多了，时不时听见人群里的抱怨声，空驶的轻子车一辆接一辆漂移过去，远远看去，像飘浮的云朵。黑九昨晚的看法是对的，阿塔还想知道以后会发生什么。他给黑九发去信息，黑九如此回复：三天之后，惩罚升级！

阿塔走进车间，打开丽丽的电源。"丽丽，早安。"

"早安，阿塔，"丽丽原本的声效系统是机器人制造公司内置设定的，阿塔请黑九重新配置了一遍，现在变得悦耳动听，"你昨晚睡得好吗？"

"睡得还行。"

"你身上在冒汗，看起来挺累的。"

“我今天步行上班，走了六公里。”阿塔边说边往外走，丽丽紧跟在后面。

“为什么不坐轻子车？”

阿塔刚想解释，丽丽摆了摆手，说道：“我收到数据早报了，我知道为什么了。”阿塔看着丽丽，希望她继续说下去，丽丽沉默着走向垃圾清运车，拉开车门，坐进副驾驶室。阿塔紧跑几步上了车，随后开车驶出公司大门。看着街上众多的行人，丽丽说道：“人类为什么不爱思考了呢？”

“人类已经思考了几万年，思考累了吧。你其实是人类思考后的产物。”

“产物？我不喜欢这个词。”

“作品。这样说喜欢吗？”

“喜欢，”丽丽把水杯盖拧开，递给阿塔，“你喝口水吧。”

“谢谢丽丽。”

“阿塔，你对我的工作满意吗？”

“满意啊，我们俩配合得挺好。”

“我哪里做得不够好，你可以批评我。”

阿塔扭头注视着丽丽，在心里想，如果真有这样一个女朋友，自己肯定会娶她。

“你为什么这样看我？你刚才看我的眼神跟过去不一样。”

阿塔笑了笑，停了片刻，又笑了笑。多可爱的丽丽啊！

“阿塔，你说得对，人类创造了机器人，应该让机器人代替人类思考，让人类休息休息。”阿塔不置可否地看着前方的道路，想起黑九早前的预言：如果今晚机器人能像人类那样思考，有了人类的复杂意识，明早就是人类的末日。

在十字路口，阿塔幽默地说：“丽丽，如果我不想在轻子车里思考人类的发展和科学问题，我以后只能步行上班了，我的脚就会很累，会长水疱，你会心疼我吗？”丽丽轻快地说：“步行能锻炼身体。挺好的。”阿塔有些失望，但不会生气。机器人就是机器人。

搬运垃圾的时候，两人都不能说话，这是丽丽定下的规矩，这样能提高工作效率，增加工作积分。阿塔透过后视镜发现丽丽在翻看着什么，过了一会儿，丽丽坐上车，递给阿塔一本《万物起源》，说道：“这本书还挺新的，能帮助你进入科学思考。”阿塔翻看几页，很是喜欢。他已经很久没看书了。

连续两天，阿塔带着这本书乘坐轻子车，他一边看书一边认真思考，感叹人类在历史上的一次次发现和创造。在这期间，两个机器人手拉着手上了车，坐下后一直说悄悄话。后来又上来一个乘客，挨着阿塔坐下，他盯着机器人看，眼神很轻蔑。

轻子车到了目的地，阿塔起身走向车门，车门轻盈闪开，一个悦耳的声音响起：“感谢您乘坐轻子车。”不用支付乘车费，也没有被气针惩罚，阿塔心满意足地笑了。他看得很清楚，在他身后的那个乘客被车门拦下了，现在他的胳膊正在接受气针的惩罚，同时还要补缴乘车费。想到这儿，阿塔笑出了声。

丽丽，谢谢你！阿塔突然感觉到一丝遗憾，他除了能对丽丽说谢谢，及时保养维护丽丽身体里的机器配件，下班之后为丽丽清洁身体，还能做什么呢？丽丽没吃过他的，没喝过他的，没占用过他工作之外的任何时间，也没给他添过烦恼。这都是真的。这一刻，他对丽丽心怀愧疚。阿塔带着这样的心情走进酒馆，坐下之后，他意识到自己进门之前没有扫一眼橱窗上的文字，但他现在不想起身，丽丽的身影在眼前晃，让他无法分神。

不知什么时候，黑九突然从他身后闪出来，吓了他一跳。黑九摸了摸阿塔的头，看着他的眼睛，定定地说：“你在想丽丽。”阿塔面无表情，乖乖地点了点头。他想从包里掏出那本书，把自己的经历说给黑九听。黑九制止了他：“请我喝一杯，我告诉你一件事。”阿塔朝蛋挞示意，蛋挞倒了两杯最好的老酒跑过来，转身离开的时候，蛋挞的腰不自然地扭了一下。阿塔看着黑九，抿嘴一笑。

“你喜欢上了丽丽？”

“怎么可能，她可是机器人。”

“现在爱上机器人的可多了。”

“我就是觉得丽丽挺好的。”

“要不，我把丽丽升级改造一下？”黑九调笑道。

“丽丽是公司的财产。”

“那就把她赎出来。”

“我可没那么多钱。”

“你真想买的话，我借钱给你，而且免息。”

阿塔心动了，可是两秒钟之后，他把这件事看成了勤奋工作的动力。

“黑九，你说这是怎么回事，有时候丽丽说话，就像一个人在说话。”

“这很正常，机器人会自我思考，只是思考力还达不到人类意识的层面。”

“人类意识？”

“人类意识是通过量子纠缠和量子叠加产生的，机器人的神经系统进入了量子计算机阶段，才有可能模拟人类意识。这非常复杂，说了你也不懂。”

阿塔似懂非懂地点了点头。

“阿塔，我说过三天之内，惩罚升级，你好像不相信我的预言。”

“我相信你的预言，可是我有了应对的办法。”

阿塔把手伸进包里，黑九按住他的手臂，瞟了眼墙上的老旧挂钟，一口喝完杯中酒，匆匆说道："所有的办法都是老办法，你明天最好步行上班。博物馆里的机器人今晚升级数据系统，我得回去值班，先走一步。"

第二天早晨，阿塔站在路边，回味着黑九昨晚的提醒，一时拿不定主意，他的手正好触碰到那本《万物起源》，心想：这两天坐车，我的确在思考科学问题，而且很专注。他抿紧嘴唇，朝一辆轻子车挥了挥手。

轻子车车厢里有两个男人，阿塔在他们对面坐下，从包里拿出那本书。两个男人在认真谈论宇宙的黑洞和白洞，阿塔听不太懂，心里很是佩服。过了一会儿，他们俩起身走向车门，轻子车停靠车站，并没有打开车门，阿塔熟悉的女人声音响起来："你们今天不是免费乘客，请补缴乘车费，两人一百个轻子币。"紧接着，两股气针分别刺向两个男人的胳膊，其中一个男人愤怒地说："我们刚才在谈论科学问题！你们聋了吗？"女人说："你们只是在重复前天和昨天的谈话，几乎一字不差。事不过三，这是作弊行为。"话音未落，两组全息投影在车厢半空叠加闪现，他们过去两天的乘车记录影像清晰回放。两个男人低头私语，补缴了乘车费后，车门才打开。

阿塔目睹了整个过程，彻底愣住了，醒悟过来之后，他迅速埋头读书，同时提醒自己要更加专注，他在阅读和思考的过程中，听见了自己的声音："公元前7000年，人类学会了种玉米；公元前5500年，人类学会了种桃；公元前3000年，人类学会了种西瓜……人类学会制作并使用木炭是巨大的文明进步，木炭是燃料，同时可以过滤脏水，人类因此喝到了干净的水，减少了疾病的发生……公元前3500年，远古的人类是这样制作木炭的：第一步，收集没有树枝和枝叶的原木，在太阳下晒干。如果做木炭燃料，要选硬木，硬木燃烧起来温度高，而且热度持久；如果做过滤木炭，选用软木，软木细孔多，可以吸收更多杂质。收集好木头后，在地上挖一个洞。第二步，找来一根稍长的杆子……"轻子车的车门开了，上来一对情侣，他们坐在阿塔对面，搂抱着嬉笑不止，谈论着爱因斯坦喜欢穿女式凉鞋的趣闻逸事，谈论哥德尔晚年凄惨的妄想症，阿塔的思绪被打乱了。

这对情侣坐了两站准备下车了，轻子车停下后没有打开车门。女人的声音再次响起："你们今天不是免费乘客，请补缴乘车费，两人一百个轻子币。"男生抱着女生躲闪气针，他自己的胳膊被气针刺了一下，忍不住发怒了，猛踹车门，女生也跟着捶打车门。轻子车加速漂移，速度越来越快，窗外的街景变成模糊的灰白色，接着车厢里全黑了，阿塔听见女孩胆怯的叫声，还听见轻子车里那个女人平静的声音："你们没有谈论科学，你们刚才除了装模作样地闲谈，满脑子想的都是吃喝玩乐。你们破坏轻子车，要接受追加惩罚。”

仅仅过了几分钟，飞速漂移的轻子车把他们带进了一座巨大的封闭空间，几个机器人跑进车厢，押送着这对情侣走进一间玻璃房子，阿塔看见一个熟悉的身影也在玻璃房子里，那是呆呆。她站在那儿，身体摇晃，头发散乱，时不时笑一下，像一个虚弱的精神病人。阿塔起身走向车门，想跑进玻璃房子问问到底发生了什么事，可是车门迅速关上了，轻子车紧跟着一个加速，把之前的空间抛在了身后。

整整一天，阿塔完全不在工作状态。丽丽提醒道：“阿塔，我们今天工作效率不高，这样的话，我的积分会降低。”他在驾驶室操作车厢升降按钮，时机不是提前就是滞后，导致垃圾抛撒了一地，丽丽一点一点捡拾干净。

“丽丽，对不起，我今天确实不在状态。”

“能告诉我为什么吗？”

机器人能听懂人类讲述的情感，但还无法感知人类的情感，阿塔知道这一点，但他还是想说点什么，排解一下心绪。

“我今天见到了之前认识的一个女孩……”

“她漂亮吗？”

“嗯……”阿塔沉思片刻，“她不属于漂亮的类型，但挺耐看的。”

“耐看是什么意思？”

“耐看……耐看就是看久了不会烦。”

“我耐看吗？”丽丽注视着阿塔。

阿塔看着丽丽的眼睛，扑哧一声笑了。“你耐看。”

“你喜欢她，是吗？”

“在一起的时候，没那种感觉，分开之后会想起她。”

“你会梦见她，是吗？”

阿塔点点头，随后叹了口气。

“你喜欢她什么？”

“她跟我之前认识的女孩不一样，我到今天才发现，她好像是那种敢于放弃的女孩……”阿塔轻轻摇了摇头，丽丽没有马上说话，似乎陷入了沉思，阿塔发现她的肩膀部位有一张褐色的垃圾纸片，想伸手拂去，丽丽躲闪他的手，按了按汽车喇叭，示意他赶快走。

回到车间，阿塔切断丽丽的电源，开始冲洗她的外壳，在她身上涂抹机器人专用清洁泡沫。每一条凹槽，每一道线条，每一个关节的接合部位，他都非常认真地擦拭冲洗，以至于同事在旁边打趣：“看你那手势和表情，把丽丽当女朋友了吧。”他笑了笑，并不在意别人说什么。一切收拾停当，阿塔打开丽丽的电源开关，这样说道：“丽丽，明天我会早点来上班，把你今天降的分补回来。谢谢你送我的那本书，我学到了很多知识。明天见。”

“明天见。”

先关掉丽丽的行动电源，再接通充电设备，这是常规动作。丽丽忽然握住阿塔伸出的手臂，说道：“等一下，我收到提示，需要接收系统新数据。”停了三秒钟，丽丽说道：“接收好了，明天见。”阿塔拍了拍丽丽的手，发觉丽丽的手臂和手指关节有点发硬。可能该更换上肢运动润滑油了，明早就换，他是这样想的。

坐上轻子车，阿塔发现一路上有很多步行的人，也有不少人骑自行车。现在的人类确实不喜欢思考。转念一想，阿塔又为自己感到高兴，他已经好久没看书了，捧读书本的某个瞬间，他会恍惚看见单纯的校园时光，还有他在黄昏的操场上持续奔跑的身影。

阿塔取出《万物起源》，翻到木炭篇章，接着上次未看完的文字边阅读边思考：“第二步，找来一根稍长的杆子，插在地上，标识这是火堆的中心，把较小的原木以垂直的方式叠放在地上，形成一片网格，接着把原木网格延伸出去，形成一个坡度舒缓但面积大一些的平台。第三步，把那些准备烧成木炭的木头放在平台上面……”

突然间，阿塔阅读和思考的状态被轻子车里女人的声音打断了：“读书的这位乘客，你好，很高兴地通知你，轻子车已完成数据更新和系统升级。最近三天，你多次乘坐轻子车，在乘坐的过程中，你的大脑在思考，神经网络系统有数据记录。谢谢你的理解和配合。根据新规定，我们有义务提醒你，你现在有两种选择：第一种选择，你现在可以下车，不需要补缴乘车费；第二种选择，如果你继续乘坐轻子车去往目的地，你需要放弃之前的历史知识思考模式，重新思考新的科学问题。”

“什么意思？”阿塔自然很迷惑，“我读的是科学书籍，也真的在思考啊。”

“你的思考属于知识范畴。这些历史科学，是公民应该掌握的科学常识。你已经围绕历史科学思考了三天，系统不再承认这样的知识类思考模式。过去的已经过去，我们需要未来思维。如果你喜欢思考历史科学，至少也要从爱因斯坦的时空科学开始。你现在有两种选择，请选择。”

阿塔有点震惊，有点发蒙，同时还感到滑稽可笑。第一时间的迷惑退去之后，他慢慢走向车门，车门打开的瞬间，他改变了主意，退回到座位上。“我抗议！我不接受你刚才的说法！”阿塔突然间来了火气。轻子车停在那儿，车门敞开，似乎是要再给阿塔一次选择的机会。

“我抗议！凭什么不尊重我的思考！你们的规定为什么说变就变！”

阿塔的声音引来了围观者，同时还引来了围观者的抗议，有人猛拍车厢，有人把手里的饮料泼洒在车厢上面，有人提议掀翻轻子车。阿塔看见一个壮汉满脸怒气，举着一根木棒冲了过来。轻子车关闭车门，一个漂移动作躲开了男人的木棒，接着一个加速飞驰而去。

阿塔握紧扶手，感到了紧张，他继续为自己辩解，没有人回应他。轻子车停下之后，阿塔发现眼前正是早晨来过的封闭空间，两个机器人跑进车厢，一边一个挽住他的手臂走出来，走进那间玻璃房子。阿塔猛然看见呆呆蜷缩在椅子上，脑袋耷拉着，一动不动。这时，一个肥胖的男人走进来，瓮声瓮气地说："你把车身上的饮料污渍擦干净，补缴一下乘车费，五十个轻子币，就可以走了。"阿塔指着呆呆，问道："她怎么回事？"

"你认识她？"

阿塔点点头。

男人说："她昨天夜里喝醉了酒，在车厢里吐了一地，把她拉到这儿，是让她把车厢清理干净。谁干的事谁负责。她除了补缴乘车费，还要补缴两倍罚金，总共一百五十个轻子币。"

阿塔没再说什么，补交了两个人的乘车费和罚金。一个机器人送来一个拖把和一桶水，阿塔把车身清扫干净，跟着机器人走进另一辆轻子车，把地板上呆呆的呕吐物清理干净。他在想，要是丽丽在身旁，一定会帮我做这些事情，根本不需要我动手。

呆呆醒了，眼神茫然，身体无力。阿塔扶着呆呆走进车厢。轻子车启动了，呆呆的脑袋靠在他肩上，闭着眼睛，缓缓说道："我还不知道你的名字……"

"阿塔。"

"阿塔……"

"你在这里睡了一夜。"

"挺好的……"

阿塔侧过脸看她，看见车厢底部黑色和紫色交错的光线。

"我不想思考，也不会思考。我被刺过三次。"呆呆苦笑着说。

"我也被刺过，今晚可能还要被刺一次。"

"我也是这么想的。"

月亮挂在天上，圆圆的，他和呆呆都看见了。

"阿塔，你想去月球吗？"

"之前想过，现在不想了，那是有钱人做的事。"

"人类在月球和火星上建造了好几个永久基地，还在月球上建造了旅馆，我觉得，人类还会在月球上建造月球墓园……你觉得呢？"

阿塔没想过这个问题，他沉默片刻，笑着说："如果真有月球墓园的话，外星人说不定会很好奇，然后喜欢上了月球，把月球抢走。"

呆呆没有说话。持续的沉默。

“我想去月球办葬礼……”

呆呆忽然间抽泣起来，阿塔心里很不是滋味，用力搂了搂呆呆，不知道接下去说些什么。他特别害怕女人哭。古老的月亮，太空舱模样的轻子车，两个孤独的年轻人。前方就是目的地，阿塔扶着呆呆走向车门，轻子车停稳后打开车门，女人的声音轻柔飘浮：“欢迎乘坐轻子车，再见。”

谈论月球墓园，让他们俩重新变成免费乘客。月球墓园是科学话题。阿塔和呆呆相互对视，想笑却笑不出来。

深夜时分，黑九的专属呼叫声在床头响起，阿塔起身翻阅，黑九发来一段视频：两个机器人在博物馆展厅里打架，挥出的每一拳都很重，好像彼此是死敌，接着又上来一个机器人，一拳把另一个机器人打倒在地，上去又是一顿猛踩。机器人的打架视频，阿塔还是第一次看见，视频最后响起黑九的画外音：明天开始，监督升级！

阿塔这样回复：我明早要提前上班，必须坐轻子车去公司，你说一下，我思考什么科学问题才能避免被针刺？

黑九迅速回复：你就想，如果你是机器人，你想对人类说些什么？

阿塔笑了笑，给黑九发去一个抠鼻屎的动图。

天蒙蒙亮的时候，阿塔醒了，呆呆不知什么时候离开了这里，她留下一张字条：阿塔，谢谢你，你是我今年遇见的最好的男人。有一件事我还没来得及说，我在山里租了个房子，想在山里住一段时间，说不定将来真的成了一个农民，自己种自己吃。这是我的地址，你有空的时候来找我玩。有一点我没想明白，人类不停地思考，是不想让机器人的思考能力超过人类吗？是内心害怕机器人吗？

这张字条，阿塔看了三遍，他叹了口气，把字条放进衣兜，坐在那儿，有点失神，他扭头看着呆呆睡过的枕头和被单，用手摸了摸，已经没有了余温。

如果你是机器人，你想对人类说些什么？

阿塔之前从未想过这个问题，但他相信黑九。他坐在轻子车里陷入思考：

如果我是机器人，我想先和丽丽谈恋爱，如果她不同意，我就做她的哥哥，保护她，不让其他机器人欺负她。人类当然伟大，创造出了新世界，为万事万物命名，在月球和火星上建了这么多永久基地。人类还创造了机器人，机器人当然应该为人类服务，而且要服务好，尽职尽责地把自己的工作做好。至于其他的，我想对人类说，希望机器人也能像人类那样，一年有好多天假期，也能像人类那样，到了工作年限可以退休，到机器人养老公寓自由活动，慢慢回忆自己的经历。说实话，机器人为人类工作了这么多年，也有休息的权利。丽丽有过这样的迷惑，人类为什么不喜欢思考了呢？现在的人类确实不喜欢思考，我当然能感觉到，关于这一点，我抱着理解的态度。我觉得，人类的发展已经够快了，可以适当放慢脚步，调整一下节奏。对了，我还想对人类说，不要把机器人修了又补，补了又修，让他们硬撑着工作，机器人身上有很多补丁，看上去怪可怜的，机器人身上的零部件，需要及时换新的，润滑油不能用次品，下雨天下雪天，要给机器人披上专用的风雨衣，要不然他们会很难受。我还希望人类能抓紧时间建造机器人墓园，为那些杰出的机器人树碑立传，也让机器人看到自己的最后归宿，那里蕴含着人类的宽厚和善意。所有的机器人，包括我在内，看到这一切，都会相信自己到了晚年不中用的时候，不会流落街头，变成被人类和同类嫌弃的废品……

阿塔还想继续思考下去，可是目的地到了，他慢慢呼吸，慢慢起身，慢慢走向车门，似乎被自己感动了。他听见女人熟悉的声音："欢迎下次乘坐轻子车。再见。"车门轻盈闪开，轻子车目送阿塔离开。

这一刻，阿塔回望漂移而去的轻子车，真的以为自己就是机器人，他刚才想的那些话，是真心话，没有丝毫的表演。阿塔眨了眨眼，醒悟过来，默默笑了笑，随后忍不住说道："黑九，你他妈真行！"

阿塔兴冲冲地走进车间，打开丽丽的电源开关。

“丽丽，早安。”

丽丽没有像往常那样回话，他低头查看，电源开关是亮着的。

“早安，丽丽。”

丽丽往前走了两步，看着阿塔，平静地说：“阿塔，我很荣幸成为你的督导人。”

“督什么人？”

“督导人，监督你思考的机器人。”

阿塔忍不住笑了，笑声传出去一半的时候，他迅速收住笑。

“丽丽，你说，你要监督我思考，为什么？”阿塔有种不好的预感。

“我收到了总部指令，每个机器人都要选择一个最熟悉的人类，督导他每天思考一次，每个机器人都收到了这样的指令。阿塔，你是我最熟悉的人类，我会把你思考的数据和影像，传送到系统总部，总部有了你的思考记录，会和轻子车运营总部分享信息，你可以成为轻子车的免费乘客，总部也会根据我的督导情况给我打分评级。总部指令告诉我们，以后不管公民坐不坐轻子车，认识他的机器人，都有权督导他思考人类发展和科学问题，一天思考一次，如果不配合机器人的工作，公民的信用等级分会受到影响。”

“平时不和机器人接触的那些人，倒是挺幸运的。”

“我会把你的想法报告给总部，总部会有办法的。谢谢你。”

“如果我想不出要思考的问题，怎么办？”

“总部指派我协助你。”

“怎样协助？”

“我从主脑里随机搜索问题和答案读给你听，你完全记住了才有效。”

“丽丽，你的总部在哪儿？”

“我不知道，即使知道了也不能说，我需要得到授权。”

“你刚才说，一天思考一次？”

“是的，如果人类的思考态度不好，督导人可以增加思考次数，总部尊重我们的感受和意见。”

“如果……”阿塔咬了咬嘴唇，“如果我不想思考，也不配合你的督导，怎么办？”

丽丽低下头，没有马上回答。

“怎么办？”阿塔追问。

“你一个人去清运垃圾，我不能再配合你的工作。”丽丽声音低沉，好像自己犯了错误。

“丽丽，你看清楚了，我可是阿塔，我平时对你怎么样，你不知道吗？”

丽丽继续低头思索，过了一会儿，阿塔听见她很小声地说："机器人也需要等级分，等级分太低的话，会被处理掉……"

丽丽的话语触动了阿塔，他忽然有个闪念：赎走丽丽。

"丽丽，我们在一起搭档两年了，是不是？"

丽丽用力点点头。

"如果我把你赎走，你愿意跟我走吗？"

"什么是赎走？"丽丽眨了眨眼睛，显然很疑惑。

"赎走……就是帮你调离工作，不，应该说是帮你办理辞职手续，不再为公司做事，你以后就是一个独立的机器人，跟我在一起，我做什么你就做什么。你愿意吗？"阿塔对自己的回答很满意，忍不住长长地舒了一口气。他决定豁出去了。

"我愿意！"丽丽的声音里没有一丝的犹豫。

"好，你等着！"

阿塔跑出车间，跑进公司领导办公室，直接说道："我想买走机器人丽丽，您觉得多少钱合适？"

"你喜欢丽丽，我们都知道。"

"您看多少钱合适？"

"阿塔，你要是前两天说这事，肯定没问题，现在不行了。"

"为什么？"

"隶属于公司的机器人，他们的档案全都被锁死了，一个也出不去，必须经过机器人发展战略部的审批才能转让。现在每个单位都有机器人监督人类思考的指标，我们公司的机器人还差好几个，我正发愁呢！”

“没其他办法了吗？”

“办法倒是有……”公司领导放低了声音，语调怪异地说，“把机器人丽丽砸烂，机器人处理公司鉴定完毕后，当废品卖给你，你回头再把丽丽组装起来。”说完，他哈哈笑起来，笑得眼泪都出来了。

为了丽丽，阿塔不介意领导的调笑。谁都知道，砸烂机器人首先就是要砸烂机器人的主脑系统、感知神经和记忆单元，即使把丽丽重新组装起来，之前的丽丽也永远不存在了。阿塔低着头往外走，眼睛里有一层水雾。

他没有直接回车间，而是走到公司门外，消化自己的消沉情绪。他在街角看见一个机器人追着一个女人，边追边喊：“我是你的督导人，你要配合我的工作，我可以协助你思考，你别跑！”女人越跑越快，机器人加速追。阿塔扭过头，看见一个男人正向机器人表述他的思考内容，神情很认真，机器人时不时点一下头。这两个机器人的身体外罩都是银灰色的，上面有闪闪发亮的花纹，比丽丽的高级多了。阿塔有能力按照自己的意愿，更换丽丽的躯壳色彩和纹饰，让丽丽更美丽一些，而丽丽也一定会记住这些，但他没有去做。此刻的阿塔对丽丽心怀愧意，决定配合丽丽的工作。

“阿塔，你冷静一下，别着急，我给你再陈述一遍。我不能违抗总部指令，请你理解。把你的思考记录上传之后，我们才能去清运垃圾。”丽丽的语调既理性又热情。事实上，丽丽已经把随机搜索的问题和答案陈述了三遍，阿塔还是没能完全记住。阿塔的头皮开始发麻，眼神有些发虚，使劲咽了口唾沫。

“认识人类大脑的视觉皮质。数学物理学家罗杰·彭罗斯告诉我们，人类的大脑在比例上比其他动物的都大，这也是人类最为之感到骄傲的身体组织。大脑皮质不同的部位分别与独特的功能关联。视觉皮质处于枕叶，在大脑的正后方，与图像的接收和解释有关。也就是说，视觉图像从大脑正前方传来信号，而处理视觉图像的神经区域位于大脑的后面。是不是很奇怪？还有更奇怪的。大脑的右半球几乎完全关联身体左边，而大脑的左半球关联身体的右半部分。”丽丽停下来问道：“这个陈述速度可以吗？”

阿塔点了点头，丽丽继续陈述：“实质上，所有的神经在进入或离开大脑时，都要从一边穿到另一边，对于视觉皮质的情形，右边并不和左眼相关，而是和两只眼睛的左边视野相关，左边的视觉皮质和两只眼睛的右边视野相关。”

丽丽停下来，等待着阿塔。阿塔试着背了两次，依旧漏掉了一些内容。他已经尽力了，从小到大，他第一次感觉到自己的脑袋像即将开裂的榆木疙瘩。他最后背了一次，觉得主体内容背出来了，漏掉一些字句没有问题，应该可以了，可是丽丽定定地看着他，没有上传这一次的记录。他们俩就这样等待着，谁也没有动，像两尊雕像。

“阿塔，我希望你能再背一次。”

阿塔不得不提醒自己，丽丽是一个完全按照指令工作的机器人，不会也不可能懂得通融。他握紧手指，控制着内心的烦躁。他最终没能控制住自己，因为在那一刻，他非常讨厌自己——既要付出体力，又要付出脑力，他能预感到未来的疲惫不堪，而这种生存状况是他自己的选择，也是他的命运。爱怎么样就怎么样吧。阿塔转身走向垃圾清运车，丽丽看着他驶离公司，阿塔在后视镜里注视着丽丽，猛抽自己两个耳光。

后面的工作画面可想而知。阿塔用尽力气把垃圾桶里的几十个垃圾袋放进车厢，又把一个一个的垃圾桶摆放整齐，当他提起最后一堆垃圾袋返回车厢的时候，滑腻的汤汤水水淌在地上，阿塔一个趔趄摔倒了，后背重重地撞在台阶上，垃圾袋从手中散落，泔水顺势洒出，在他身下流淌。开始工作之前，阿塔似乎想到了这个画面，他尽量小心，可还是没能避免。

“好脏啊！”

“那个机器人呢？坏了？”

“这脏活是机器人干的，你哪能干啊！”

“就是，人类不能惯着机器人。”

“机器人罢工了？”

“那边还有一堆呢！”

“真臭！”

阿塔不想理会这些人，他现在需要保持沉默，把地面上的垃圾清理干净，他不想接到居民的投诉，更不想失去这份工作。

阿塔回到车间，把脏衣服扔进拖把池，打开水龙头洗刷衣服上的脏污。丽丽跑过来，说道：“阿塔，你的思考记录我还等着上传呢。”

阿塔埋头洗刷，动作越来越大。

“我们抓紧时间，好吗？”

阿塔沉默不语。

“我这是为你好。”

“我脑袋疼，现在不想说话。”

“阿塔，你不觉得思考会对你未来的生活有帮助吗？”

一股脏水溅到阿塔的脸上，他甩了甩头发，冷笑一声。

“我希望你能更好……”

“走开！”阿塔闷声说道。

“为什么这样说话？”

“你不懂我……”

“我知道你对我好，我会记得的。就像你说的，机器人的档案被锁死了，不能随便离开，必须按照指令工作。你需要工作，我也需要工作，要不然……”

阿塔两手用力拧干工作服，丽丽后退两步，不再说话。

“走开，我想静一静！”

如果阿塔晚几秒钟说出这句话，事态也许就不会这样。阿塔猛地把工作服甩到架子上，回头看见公司领导站在门口，冷冷地看着他，大声喊道：“机器人丽丽，马上有一个机器人工作协调会议，你来一下！”阿塔忽然意识到问题的严重性，想跑过去解释，但领导没给他迈开脚步的机会，快速转身离开了。

阿塔默默地走出公司大门，夕阳和彩色的云挂在天边，一点也不好看。轻子车来来往往，阿塔还是决定步行回去。街上的行人要么步履匆匆，要么脚步沉重，心事重重的样子，阿塔时不时看见身形各异的机器人走进街边的小商店，步伐沉稳坚定。

阿塔停下来观察，发现这些机器人的说辞和丽丽的一模一样，那些聆听的人类虽然露出怪异的神情，还是在耐心配合着。阿塔在街边坐下，夕阳即将落下的时候，他反问自己：刚才对待丽丽的态度是不是过于粗暴了？这也不是丽丽的错啊！而且，你也不能把自己的无能表现，怪罪于丽丽。他被这个想法鼓舞着，返身往回走，脸上竟然有了笑容。走到公司门口，他看见公司领导背对着自己，而丽丽正和一位同事说话："从现在开始，我是你的思考督导人。"

"丽丽，你不是阿塔的搭档吗？"

"丽丽是谁？"

"是你啊。"

"我的名字不叫丽丽，我是督导机器人，我的代码是DD802106。"

"啊？你不认识阿塔？"

"阿塔是谁？我没有这个人类的信息。"

阿塔惊讶万分，手指抖了一下，心里五味杂陈。

公司领导大声说道："就这么定了，她现在是你的督导人，阿塔不尊重机器人，刚才还收到居民对他的投诉，这是工作态度上的严重违纪，在我们公司，态度端正永远排在能力前面。他的事以后再说，你们继续吧。"说完，公司领导背着手走远了。

"我们继续吧。"丽丽的声音里充满了热情。

"好吧。"

阿塔躲在公司门口，眼泪在眼圈里晃悠了一会儿，慢慢流了下来。公司已经重置了丽丽的主脑和感知系统，覆盖了她之前的记忆单元。阿塔的手指用力抠着墙壁上的砖土。和丽丽相处了两年，没想到结局会是这样。在丽丽现在的记忆里，他是一个不存在的人，一个完全陌生的人，但他无法欺骗自己，丽丽早已在他的记忆深处。

连续喝了三杯酒之后，阿塔这才发现机器人蛋挞不在酒馆，旁边的一位酒友小声说道：“你来之前十分钟，酒馆老板把蛋挞卖了，说蛋挞太烦人，非得让他回答问题，还得记住问题的答案。老板急了，就把他砸烂当废品卖了。”

阿塔的心里宽慰了很多——丽丽没有被砸烂。他不想看见丽丽被砸烂，即使她现在为别人服务，但只要躯体是完整的就是好的。那个酒友接着说道：“像我这种人，没和机器人打过交道，也没有机器人认识我，之前被人瞧不起，现在倒省心了。”

“你别高兴得太早，让机器人认识你很容易。”另一个人说道。

大家不再说话。阿塔趴在桌上，回想着这些天的经历，伤感、迷失和茫然的情绪将他笼罩。丽丽在眼前，在酒杯里，那就继续喝下去。喝下夜晚，尿出黎明。这一夜，阿塔想这样度过。他晕晕乎乎，给黑九发去信息，黑九没有理他，阿塔任由自己陷入暂时的梦……

谁在杂乱的梦里喊叫？谁在推我？我想再睡一会儿……

阿塔睁开眼，看见黑九蹲在身边，紧张地望向窗外。

“怎么了？”

“别说话。”

“到底……怎么了？”

“先别说话。”

阿塔望了望窗外，没有发现什么。黑九小心翼翼地坐过来，把阿塔杯子里的酒喝完。

“你刚才像个胆小鬼。”阿塔淡淡一笑。

黑九叹了口气，对阿塔说，博物馆里三十多个机器人最熟悉的人类就是他，从早到晚，紧追着他不放，要他思考问题，回答问题，背诵各种问题的答案，他的脑袋快炸掉了，好不容易才跑出来。黑九又要了两杯酒，两个人对视，脸上都挂着沮丧的笑。

“丽丽把我忘了……”阿塔喝了一口酒。

黑九非常聪明，立刻意识到发生了什么。

“我之前对你说过，机器人的身体里没有懦夫的基因，而人类有。你刚才说我是胆小鬼，你现在看上去像懦夫。”

“懦夫，”阿塔点了点头，“早一点听你的话就好了，早一点赎走丽丽就好了……”

“别装样子了，你在感动自己。人机恋，就是人类感动自己而已。”

阿塔缓缓摇了摇头，又摆了摆手。他不想解释。

“这一次，我没有预言成功，”黑九叹了口气，自我检讨，“没想到我被这么多机器人围堵，我要是配合他们工作，他们就会几天几夜不让我睡觉，累死我。机器人不需要睡觉。”

“我可能会失业……”

“我也不想干了，说不定以后还会发生什么。”

“真的？”

“我想回老家了，在这里生活太累，没啥意思……”

阿塔举起酒杯，两人碰杯，一饮而尽。

“督导人，监督人，机器人是最负责的监督人，”黑九摇了摇头，用一种阿塔之前从未听过的语气说道，“我开始讨厌机器人了，他们缠住你就没完没了！”

阿塔刚要说话，一个中年男人的深沉语调在窗边响起：“黑九，我是机器人泰坦，终于找到你了。你现在能再说一下科学和神学的关系吗？我需要上传你思考问题的视频数据，时间快来不及了。”

黑九试图控制自己的情绪，但显然失败了，或许应该说，他的神经在这一刻受到了真正的刺激，他把杯子里的酒泼向窗外，愤愤地说：“都追到这儿来了！滚！”那个自称泰坦的机器人后退着离去。

“科学和神学，你在思考这个问题？”

“我的确思考过这个问题，可这个问题太复杂了，我至今没想明白，可是机器人非要我说明白，我说我真的没有想明白，他就搜索了一大堆文章读给我听，还要我背下来，你知道要我背多少字吗？”

“多少？”

“五千七百万！”

阿塔没有笑，这个数字让他体会到丽丽的宽容，他的眼睛瞬间湿润了。这时，传来一阵整齐的脚步声，还没等两人反应过来，一群机器人挤进了酒馆，酒馆里响起一阵惊呼，一些酒杯摔碎在地。黑九大喊一声：“阿塔，他们是博物馆里的机器人，是来找我的，我得跑了！”黑九跳出窗外，这些机器人转身跑出酒馆，追赶黑九。

阿塔定了定神，酒醒了不少，他紧跟着跳出窗外，边跑边喊：“黑九，我来了！”黑九朝巷子深处跑去，对阿塔说：“别让机器人抓住胳膊，他们力气大，能把胳膊扯断，快推倒自行车和垃圾桶挡住他们的路！”

“往哪儿跑？”

“河边！”

他们奋力跑向河边，机器人推开自行车和垃圾桶，紧追不舍。黑九和阿塔，跑啊跑啊跑啊跑，他们跑到岸边，一前一后跳进黑色的河，朝对岸游去。机器人站在河边，不停地叫喊。

“黑九，我的问题你还没说完呢！”

“黑九，快回来回答问题！”

“黑九，我们要投诉你！”

“黑九，我们被扣分，都是你的责任！”

“黑九，科学和神学，到底是什么关系？”

……

阿塔坐在岸边，叫着黑九的名字，耳边只有河水在流淌。他已经来来回回找了好几圈，夜色浓重，看不清周围的世界。“黑九……”阿塔最后叫了几声，慢慢躺下去。黑九之前说过，他的水性很好。阿塔想，醒来的时候，说不定黑九会站在身边。

果然是这样。后半夜的时候，阿塔醒了，黑九坐在旁边，说他被水流冲出去很远。他们沿着堤岸，深一脚浅一脚地往前走，天蒙蒙亮的时候，他们走到了树林边。黑九说，他想回宿舍收拾东西，然后直接去车站。他们拍了拍彼此的肩膀，没再说多余的话。

阿塔独自一人穿过树林，听见当天的第一声鸟鸣。鸟鸣此起彼伏的时候，他走出了树林，走到了高速公路旁边，不远处有一个停车服务区，几辆货车并排停在那儿。阿塔走进服务区，一个司机从货车上下来，伸着懒腰进了洗手间。阿塔掏出呆呆留给他的字条，在货车旁默默等待。货车司机过来了，他接过字条，看了两眼，点了点头，又把字条还给阿塔。阿塔望着天，看见几片淡云，嘴里好像念叨着什么，随后他拉开车门，跳上了车。

月球之眼

图图坐在月球车上，望着地平线上的地球，蔚蓝与雪白，那是阿部的母星。阳光刺眼，图图是机器人，不用穿太空服，也不必担心太阳炫光和辐射的影响。阿部走下月球车，插好太阳风等离子收集器，摆正色彩分辨卡，随后举着长柄取样管采集更细碎的月岩标本。图图边鼓掌边说："你做得很好，地质学家就是这样做的。"

阿部是植物学家，负责月球基地水培蔬菜的种植，同时深度研究微重力对蔬菜生长激素以及调节细胞大小和形状的基因有什么样的影响，图图会定期开着月球车，把采摘好的食材运送到基地厨房。阿部几乎每天都待在温室里，观察记录小麦、扁豆、花生、卷心菜、西红柿的成长，查看它们感知微重力和光线的数据。水培栽种，不需要日常除草，但对人造光和温度有严格的要求。阿部在月球上工作了四个月，能深切体会到，月球上的一个月比地球上的一个月漫长多了。

有些时候，看着眼前鲜翠欲滴的蔬菜，阿部感觉到魔幻色彩，这些蔬菜的根须各不相同，像在宇宙之海漂浮的外星生物，那轻盈的扭曲，柔美的舒展，仿佛没有丝毫的攻击性，又像在对你招手，鼓励你赤身裸体走进气闸舱，推开舱门，走进月球美妙的真空里。这都是幻觉。阿部醒悟之后，会长长地叹口气。他在想，工作期满后回到地球，我的心脏、肌肉和骨头，会艰难地承受地球的重力，长期服用抗失重药物，让我的梦境支离破碎，好像有一只手在脑海和内脏里翻搅，随时能把它们抓取抛撒出来。阿部之前听说过，一个人如果在月球上生活十年，会完全习惯月球的重力，有一天回到了地球，他的骨头可能会粉碎。

阿部的神思有时会恍惚，图图发现了这一点。事实上，图图的记忆里有不少地球人患上月球抑郁症的画面。图图想帮助阿部，他思来想去，从基地库房找出废弃的月岩探测工具，放在月球车工具包里，建议阿部工作之余做一个月球地质爱好者，转移一下注意力，说不定还能探测到氦 -3 矿脉呢。

在太阳光的照射下，月球车的车辙弯弯曲曲，清晰可见，好像来自沙漠深处。而太阳投下的阴影，并不总是漆黑一片，阳光经过反射面的反射之后，巨大的岩石不是纯黑色的，可以看见暗部的细节。月球上没有空气，放眼望去，星星不会闪烁或变形，比从地球上看上去显得更大更亮一些。图图告诉阿部，站在月球上，目睹地球从太阳前面经过，这是地球上的人类无法看到的美妙景观。阿部定定地看着地球，半天说不出话，他之前从未想过这些。图图接着说："这是我听人说的，我没去过地球，也没这个体会。"

阿部放好月岩标本，取出一套在光谱中不可见区域工作的仪器和设备，走向锯齿状的环形山边缘，计划去山下进行探测。附近岩壁的反射光让周围清晰可见。他一边走一边想，氦 -3 是核聚变燃料，100 公斤氦 -3，能为地球上的一座中等城市提供一年的电力，月球表面几米厚的土壤里有 700 多万吨氦 -3，也就是说，在 2 平方公里的范围内下挖 3 米，即可采出 100 公斤的氦 -3……这座环形山很小，底部相当平坦，而环形山的内侧比外侧陡峭一些，下山的路上有阳光照不到的岩缝，阿部一不留神，脚下一滑，两块松动的岩块夹住了小腿，他试着拖拽，看见气体从岩缝里跑出来，又担心太空服被岩块划破迅速失压。阿部戴着僵硬的太空手套，使不上劲，也不敢再动，只能呼唤图图，图图跳跃着跑下来，推开岩石，把他背出环形山，不停地为他按摩，疏通下肢血脉。看着图图，阿部慌乱的呼吸渐渐平稳，如果图图不在这里，他不知道后果会是什么样的，有一刻，他甚至想到自己的死。

“图图，人在月球上死了，尸体怎么处理，你知道吗？”

“很抱歉，我没有亲眼见过，我的数据库里没有这方面的信息。”

在阿部的意识里，机器人是掌握了海量知识的智能计算机，图图看出了他的迷惑，说道：“我是在月球上组装出来的机器人，人类给我们输入机器人三定律后，只给我们输入必要的工作指南和守则。月球上的机器人分为两类，一类是采矿机器人，一类是后勤服务机器人，我是后一类机器人，为你服务，同时保护你的生命安全。”阿部知道机器人三定律，那是保证机器人为人类服务且不伤害人类的特别指令，一旦机器人做出伤害人类的危险举动，自毁装置会立即启动。

阿部仔细观察图图的躯体，身高 172 厘米左右，和自己差不多高，深灰色的钛合金已经显出过度磨损的痕迹。阿部弯腰抓起一小把月尘，搓了搓，仔细察看。月尘就像地球上的石棉，锋利粗糙，棱角像用岩石磨成的尖矛。图图说道：“月球上没有液态水，所以月球上的岩石和月尘不会被侵蚀成光滑的形态。”阿部松开手掌，看着月尘缓慢散落，他站在那儿迟疑了好一会儿。

图图靠近阿部，说道：“我的新知识都是听来的，我把它们储存起来，没事的时候想一想。对了，你听说过机器人和超级月亮的故事吗？”阿部摇了摇头。图图接着说道：

“这是十年前发生在月球上的故事，人类发现了新的矿产，把一批机器人运到月球上，可是这些机器人不喜欢眼前的月球，为什么呢？因为眼前的月球太荒凉了，他们喜欢在地球上欣赏过的超级月亮，那是又大又圆的月亮，月亮里的颜色有红色，有蓝色，非常漂亮。他们想念超级月亮，没有工作状态，采矿进度缓慢。到了后来，机器人开始怠工，最后，机器人陆陆续续罢工。人类没有其他办法，只好用神经系统解码器，把这些机器人的记忆神经系统完全格式化，再重新置入新的指令。从那以后，为了保险起见，在月球上工作的机器人，都是人类在月球上组装出来的。”

听完图图的讲述，阿部笑了笑。图图用严肃的口气提醒阿部：“刚才说月尘的事，还没说完呢。月尘有毒，很容易粘在东西上，月尘通过人的呼吸进入人体后，能穿透并杀死肺细胞，造成无法修复的 DNA 损伤，你在这儿工作，一定要当心！对了，月尘还能堵塞住太空服的拉链，造成拉链失效，我亲眼见过的。遇到这种情况，你不要慌，到气闸舱之后再慢慢处理，千万不能在外面弄掉拉链上的月尘，千万不能，拉链坏了太空服会失压，非常危险，你记住了吗？”

阿部点了点头。

“你真的记住了吗？”

阿部再次点头。他觉得图图有点啰唆，但他一点都不生气。

汗水湿透了运动衣，跑步机的声音虽然单调，也能驱赶夜的寂寞。月球上的一个夜晚，能持续两周的时间，虽然奇妙，却有荒诞的意味。两天前，阿部的妻子发来了离婚协议书，他不想看那些条款，家里的大部分财产是妻子辛苦工作赚来的，她怎么说都行。傍晚时分，他收到妻子发来的长视频，妻子在视频最后说的几句话，多少刺痛了他的心：伟大的植物学家，月亮是你的女人，而我需要太阳男人。

太阳男人。他默念着这四个字，回头看着温室里的高性能照明灯光，那是他为蔬菜重新搭建的人造太阳。我是月球蔬菜的太阳男人……或许吧……他出了一会儿神，擦了把汗，继续跑步。再过一个多月，阿部在月球上的工作时限就将到期，到那时，他可以随时返回地球，并能领到一笔数额不菲的月球失重工作补偿金。他心里是这么盘算的：把补偿金分为三份，一份给父母亲养老，一份给自己休假旅行，一份给妻子。他知道，这么多年来，他对事业的专注远远多于对妻子的关心，他心里有愧。

温室里的提示铃声响了，他走进去，发现池塘单元氧气净化的接口有些松动，他取出工具，修复好接口，起身的时候感觉到光源传感器的间距过密，又顺手调整了一下。他双手叉腰，看着温室，心里很有成就感。他忽然意识到，他和图图相处了几个月，图图从未主动谈起过月球种植和温室环境的话题。第二天早晨，他见到图图，直接问道：“图图，你熟悉月球种植和温室环境吗？”

图图摇了摇头。

“你想知道吗？”

图图用力点头。

“那你为什么不问我呢？”

图图缓缓说道：“工作机器人不能主动打扰人类，除非人类主动和我们说话，如果人类想说话，我们有义务陪人类说话。”

“为什么要这样呢？”阿部不解地摇了摇头。

“机器人有了好奇心，可能会影响工作吧。”图图低下了头。

“陪人类说话是人类给你们的指令吗？”

“孤独月球指令。人类在月球上长时间工作，会感到孤独。机器人有义务协助人类消除月球孤独感。前两天，我感觉你情绪不太好，就给你讲了超级月亮的故事。我能感觉到你喜欢这个故事，你真的喜欢吗？”

“我很喜欢这个故事，”阿部长舒了一口气，心里怪怪的，好像明白了什么，随后说道，“你的意思是说，你在和人类说话的时候，学习各种知识并把知识储存起来，是这样的吗？”

“是这样的。”

阿部心领神会，领着图图走进温室，图图一下子兴奋起来，左看右看，不知所措。他之前从未参观过基地温室。

“图图，这间温室是一个封闭的循环系统，也是生物再生及生命维持系统，蔬菜在光照下水培生长，营养盐能为它们提供氮、钾、磷等生长养分。蔬菜在生长的过程中，输出氧气和水蒸气，我在基地房间里呼出的二氧化碳，排出的尿液和粪便又能被反馈给系统。”

阿部停下来，看着图图，图图在池塘单元旁俯身，伸手轻触蔬菜的叶片，又急忙把手指缩了回来。

“没事，你摸吧，摸不坏的。”

图图抚摸着蔬菜叶子，轻声说道：“水培蔬菜，真神奇……”

“温室是微生物的生物圈，也是月球食物栖息地。你送到基地厨房的蔬菜，就是在这里生长的。”

“为什么不用月球土壤种植蔬菜呢？”

“植物学家们已经尝试过了，蔬菜和粮食的种子，能在月球土壤里发芽，但还无法茁壮成长，种子好像被困住了。”

“被困住了？”

“是的，被困住了。”

“被困住了……”图图喃喃低语。

阿部走进电脑室，打开一份文件，对图图说道：“我查到了人类在月球上处理尸体的方法，还有很多图片，你想了解这方面的知识吗？”图图慢慢走过来，还沉浸在刚才的迷思里。阿部让图图靠近些，指着电脑屏幕，一字一句地念道："可以通过冷冻干燥的方式处理人类的尸体，一具尸体可以转化成一百万个微小的冰冻组织，也就是冰肉。"

"冰肉？"

"就是一块一块冰冻起来的肉，很硬的肉，"阿部看了看图图，继续说道，"月球上的工作人员，可以参照在地球上冷冻尸体的步骤和方法。第一步，把尸体冷冻至零下 18 摄氏度；第二步，将收纳尸体的袋子埋在液氮中，尸体会变得僵硬脆弱；第三步，轻微震动袋子让尸体变成碎片；第四步，将尸体碎片收集密封，运回地球。"阿部说完，靠在椅背上。

"不能把尸体碎片埋在月球上吗？"图图眨了眨眼睛。

"不能。"

"为什么呢？"

"这是为了保护月球环境，据说《外层空间条约》有这样的规定。"

"什么是《外层空间条约》？"

"《外层空间条约》说的是月球不属于任何人，也不允许任何人拥有月球，确切地说，外层空间，包括月球和其他天体，不得由国家通过主权要求、使用或占领等方法，将之据为己有。"说到这儿，阿部感到一丝滑稽。这个条约，指向了月球领土的占有，而那些已经成功登月的国家，在自己的落脚之地建造基地、研究月球、开发资源，就像过去的海洋探险家那样谋篇布局。人类殖民的历史不就是人类资源开发的历史吗？阿部没把心里话告诉图图，而图图的声音把他唤醒：“宇航员会在太空旅行很长时间，如果他们在旅途中意外去世，飞船又不能很快返回地球，尸体怎么办呢？”

这是一个好问题，阿部也想知道答案，于是快速搜索起来。他指着电脑屏幕上的文字和图片，摘取其中的重点说道：“现在，人类制造的飞船还不够大，而每次飞行时飞船都需要装备很多物资，飞船空间有限，无法腾出专门空间放置尸体，所以用液氮冷冻尸体的方法不太合适。图图，你看这两幅图片，这是机械臂，这是装尸体的袋子，飞船飞行时，机械臂将装在手提袋里的尸体挂在飞船外面，这个袋子会一直停留在外面，随着飞船一起飞行，直至尸体变脆；机械臂会不停地震动，尸体被震成碎片后，机械臂再把手提袋带回飞船。尸体碎片加起来的尺寸会比尸体实际尺寸小很多。飞船返回地球时，再把尸体碎片带回来。”

“太空这么大，不能把尸体碎片抛洒在太空里吗？”

“这涉及人道主义，其次，喷射出来的尸体很可能落入航天器轨道，而轨道上的尸体，会给太空飞行留下一条恐怖路径。”

“什么是人道主义？”

该怎样回答呢？在阿部看来，人道主义是人类关爱人类的思想和行动，超越了国别和种族，而人类世界的现实早已让他失望。阿部默想之后，伸出手指碰了碰图图的躯体，又缩回手指碰了碰自己的身体，慢慢说道："你关心我，我关心你，就是人道主义。"图图高兴起来，拍着手说："你关心我，我关心你，就是人道主义。我记住了。"阿部突然间有些眩晕，他眨了眨眼睛，让情绪稳定。刚才尸体的话题带给他很多压抑。图图兴奋地抬了抬手臂，欲言又止。

"图图，你想说什么？"

"我……"

"没事的，你想问什么都行，你说吧。"

"你想了解机器人的尸体吗？"

阿部以为是幻听，图图重复这句话的时候，他点了点头。

图图驾驶着月球车，阿部陷入了思考：地球上的孤独和月球上的孤独有什么不同？地球上的孤独像一把刀，能在胸口划出一个伤口，人可以在伤口处呼吸，而月球上的孤独，是整个胸口的闭锁状态，即使有刀也无从下手，只能把孤独吞咽下去。阿部怀念地球上的孤独，那是集大成的孤独，每个人的孤独都能照见另一个人的孤独，每一种孤独都能照见另一种孤独……他开始在心里打点行装。

月球的轻盈，狡诈的轻盈。

阿部的思绪被图图的声音打断："我不想过去了。"

“为什么？”

图图停下月球车，指着前方说道：“就在那儿，报废的机器人就埋在环形山下面，你自己去看吧……”阿部下了车，一步一步走过去，他走到一座直径差不多有七八十米的环形山边缘，看见环形山中央部位有一个明显的隆起，月尘铺在上面，有人为堆砌的痕迹，但没有任何标志物。

“机器人埋在这里吗？”阿部通过无线电问道。

“是的。”

“这到底是怎么回事？”阿部非常惊讶。

图图告诉阿部，月球上的机器人，工龄满十年后，都是老旧机器人，尤其是那些采矿机器人，磨损很大，反应能力会突然间变得迟钝，机械手臂零部件随时会出故障，导致矿洞碎石倒塌，坑道堵塞，既延长了采矿工期，又会破坏其他运输机器。到了工作年限，如果人类不想继续花钱更换机器人的机械部件，就把老旧的机器人拆解后掩埋。这反而是最划算的处理方法。还有一些年轻的机器人埋在这里，他们是被矿石砸烂再也无法修复的机器人。

“你知道这里埋了多少机器人吗？”

“不知道确切数字，听说有三百多个。”

阿部蹲下身，在月尘上写下五个字：机器人墓地。他无意间扭头，感觉悬在夜空的地球像一只眼睛，牢牢地注视着月球，注视着他，而月球的眼睛，此刻也注视着地球和地球上的人类。地球的眼睛，月球的眼睛，人类的孤独，月球的孤独，机器人的墓地。想到这些，阿部的心里很不是滋味。

回去的路上，阿部发现一道微光，便提醒图图在一座环形山旁边停下。他走过去，拿着锤子敲来敲去，一块月岩松动了，他抱起这块月岩走回月球车。根据月岩的形状和反光，阿部知道这是很有纪念意义的月球起源石。多年前，月球学家们发现，起源石的结晶区域含有微量羟基，那是一种由氢元素和氧元素组成的基团，让人类确信月球上有水。阿部本想把起源石放进工具包，后来改变了主意，他看着手里的起源石笑了笑，突然间扬起手臂，用力把起源石抛了出去。图图默默地看着他。之后他们继续前进，图图看见了地球的蔚蓝与雪白，是那些环绕地球的海和云，他定定地看着。

“漂亮吗？”阿部感觉到图图有话想说，有意引出了话题。

“在地球上看到的云，也是这样的吗？”

“比这丰富多了。”

“你能说一说吗？”

“在地球上看到的云，有高云、中云、低云、直展云。”

“它们有什么区别？”

“低云是指低于两公里的云，又分为层积云、雨层云、层云、积云、积雨云。高度在两公里至六公里的云，是高积云和高层云，它们都被称为中云。高度在六公里到十三公里的是高云，分为卷云、卷积云、卷层云。”为了增加图图的知识，阿部尽可能准确地表述。图图点点头，满心欢喜的样子。阿部补充说道：“积云像棉花团，中间往往有强烈的上升气流，卷云由稀疏的冰晶组成，像白色的细丝。”

“棉花团……细丝……”图图重复了两遍。

“图图，这么多年，你在月球上看见过飞盘状的飞行器吗？”阿部想到了飞盘状的荚状云，忍不住问道。图图停下月球车，看着夜空，说道：“我见过一次，飞盘状的飞行器，悬停了一小会儿，没有声音，飞船下面有一道光柱，光柱没有投射到月面，而是停留在半空，后来飞行器突然间消失了。我真的见过……”

“地球上荚状云的形状，就像你看见过的飞盘状飞行器，中间厚，边缘薄，轮廓分明，阳光照在上面会产生虹彩，有时又像一块凸透镜，有时还像地球上的人类吃的杏仁……”阿部感觉到自己的声音里有香气缥缈的味道。

“地球上的海呢？”

“你想了解什么？”

“我也不知道。”

“地球上的海很大，那是大海，如果我有来世，我想……”

“什么是来世？”

“来世就是我的下辈子，或者这么说吧，我的来世就是我死了以后，另一个形体代替我继续活下去。”

“人类都能这样吗？”

“这我可说不好。”

“做人类真好。”

“如果我有来世，我想生活在大海里，不用担心口渴和干旱，因为周围都是水，也不用担心氧气够不够用，海水里的氧气很容易从水里分解出来，而且海水的温差小，非常适合排卵，繁衍后代。还有一点，海水里的重力几乎为零，不需要用太多力气就能前进。”阿部说完这些话，发现图图安静地看着他。

“你在想什么？”

图图扭过头，默默启动了月球车。快到基地的时候，阿部握住月球车方向控制盘，问道：“图图，你今年几岁了？”

“九岁。”

“你现在最想做什么？”

“我……”

“我想听，你说吧。”

“我想……”

“你说吧，没事的。”

“我想去地球上看看大海，看看月球。”

“你之前想过吗？”

“遇见你之后，才有了这个想法，不过也只是想一想，去不了的。”

“去不了？”

“我是月球机器人，要在月球上协助人类工作。”

“如果有机会，你愿意去吗？”

“没有这个可能。”

“为什么？”

“人类不想让月球机器人靠近地球，担心月球机器人靠近地球之后会有地球意识，回到月球后没有心思好好工作。”

阿部没有继续说下去，他走下月球车，拍了拍图图的肩膀，这是他第一次拍图图的肩膀。阿部走进气闸舱，脱下太空服，顾不上洗脸，直接坐在电脑前，给公司负责人发去一封邮件，表达了如下想法：第一，我想协助月球工作搭档机器人图图去地球上看看大海，看看月亮；第二，为了表达对公司的谢意，我愿意把工作期限延长三个月或者半年，同时放弃月球失重工作补偿金。

两小时后，阿部收到公司总裁助理的回复，简简单单两行字：如果机器人图图在地球上破坏了人类物品，或者造成其他伤害，由你来负责赔偿。阿部回复了六个字：一言为定。谢谢！

阿部靠在椅背上，闭上眼睛，双手抓挠着头发，笑容先是在嘴角绽开，然后慢慢在整个脸上开放了。

登月舱发射升空的一刹那，月尘四散飘扬，像无尽的灰色碎雪，阿部伸开手掌，握住了雪，感觉到了特别的暖意。图图的眼睛紧贴着舷窗，注视着阿部越来越小的身影，周围的工作人员看着图图，不知道图图在想什么，似乎也没有兴趣打探。

阿部的身影彻底消失之后，图图看到了机器人墓地，一些老朋友埋在那里，他不会忘记。在墓地的前方，有一堆废弃的钢渣，那是多年前一架失事坠毁的登月舱留下的遗迹，登月舱在月面上划出好几道深沟，随后爆炸燃烧，推进喷口和转向喷口飞出去好远，几乎完全烧毁变形。此刻，登月舱飞得越高，图图的感觉越强烈：月球上的环形山，怎么看都像一个又一个的露天矿坑。

眼下，阿部已经把采摘好的蔬菜放在月球车上，准备运往基地厨房。他唱着熟悉的歌，让月球车顺着月面坡度滑行，实在走不动了，他才启动月球车助力装置。月球车碰到岩石，会蹦跳一下，这让阿部想到月球兔子跳的可爱动作。月尘和沙砾飞进月球车的轮毂和底盘里，导致月球车的速度慢下来，阿部下车清理，既耐心又细致，脸上始终挂着笑。一道闪光吸引了阿部的视线，他抬起头，一艘飞船正在绕圈盘旋，最后缓缓离去。阿部知道，这是从地球飞来的旅游飞船，这些飞船载着游客飞过月球而不降落。

月球车抵达了基地厨房，工作人员协助阿部卸下蔬菜，好奇地问道："你这个科学家怎么干这事，图图呢？"阿部笑了笑，小声回应道："图图休假去了，先别告诉其他人啊。"阿部开着月球车，顺路参观了几处新建成的月球栖息地。这些栖息地建在地下，上面覆盖着两米厚的月球土壤，阻挡太阳辐射和宇宙射线。和先前的栖息地一样，太空舱是栖息地的气闸，气闸加压后，栖息地的内部空间会有类似于地球的微重力、合适的气压和氧气。月球建筑师在地下将十几个栖息地连接起来，形成一个月球村落，就像远古的人类那样，围拢在一起生活。阿部想把这些新知识告诉图图，因此非常耐心地观察、询问，拿出笔和纸，认认真真地勾画记录。

月球建筑师告诉阿部，月球上有很多熔岩洞穴，有的50米宽、60米长，有的100米宽、600米长，有的洞穴足足有300米宽、1000米长，非常适合人类建造月球旅馆，地球人来到这里，可以在岩壁上画月球上没有的东西：辽阔的草原、茂盛的植被、巨大的动物、粉色的云、海里的鲸鱼，当然还可以画宇宙深处的星云和外星生物。

月球建筑师拿出一摞设计图，一边展示一边说："这是充气式月球基地，穹顶形结构，充气单元可称之为月球基地第一前哨站，地球人通过前哨站进入基地内部。”他取出另一张设计图，放在阿部眼前：“这是月球上可折叠的充气式空间模块，这些模块可以扩展连接成更大的模块，比铝制结构更能阻挡辐射。你了解洲际弹道导弹的内部空间吗？”

阿部迟疑两秒后醒悟过来，月球建筑师正在询问他，他笑着摇了摇头。月球建筑师告诉阿部，为了减轻洲际弹道导弹的质量，提升飞行速度，其内部框架为一层薄薄的充气式不锈钢外壳，失去压力时外壳会塌缩。所以，在月球上，人类可以用废弃的洲际弹道导弹外壳，作为月球基地空间模块的基础。这一切真是太神奇了，某个瞬间，阿部觉得月球上的蔬菜水培研究的工作难度，根本不算什么。

阿部管理的水培蔬菜的口味受到好评，大家很喜欢他。阿部在地质学家和化学家的协助下，实操了从月壤里分离氧气的全过程：将月壤加热到900摄氏度左右，然后与从地球运到月球的氢气混合，生成水之后得到氧气。阿部摘下实验防护面罩，大口呼吸，空气也是实实在在的果实啊！

即使孩子穿着厚厚的太空服，月球的低重力环境，以及太阳辐射和宇宙射线，也会损伤孩子的成长细胞。阿部没有在月球上看见过孩子，他知道这一点，还是会忍不住想。阿部还没有孩子，他其实很喜欢孩子。他准备给妻子写一封长长的道歉信。

坐在温室里，阿部整理着蔬菜的成长数据，池塘单元里的蔬菜苗正在发芽，很快就会泛绿，托起郁郁葱葱的景观。电脑提示音响了，阿部打开电脑，公司总裁助理发送的邮件弹射出来：

阿部，你好！

机器人图图下了飞船之后，公司派人陪他去城里看了看，第二天陪他去了海边。图图来到海边，开始很兴奋，后来慢慢平静，他注视着大海，和一群海鸟玩了很长时间。趁公司人员不注意，图图走向了大海，等发觉后他已经漂出去很远。听岸边的其他人说，图图走进海里的时候，说了这么几句话：阿部，谢谢你，我看见了大海，看见了月球的眼睛，月球的眼睛真美，地球真美！

图图走进海里，身体颤抖了几下，但他没有退缩，没有挣扎，也没有做出任何慌张的动作，而是平静地向大海伸开了手臂。图图在大海里消失之后，岸边的人都说，这个机器人真勇敢！

阿部，你知道，如果机器人的整个身体浸泡在水里，就等于启动了自毁装置，是图图主动启动了自毁装置，主要责任不在你，但你要明白，机器人图图是公司的财产，公司的损失将从你的月球失重工作补偿金里扣除。

压抑而又坦然的复杂情绪笼罩着阿部……他穿上太空服，走进气闸舱，推开舱门，走到月球的真空地带。无际的荒原，眼前一片死寂。阿部侧转身，看见了悬浮在星空里的地球。他目视地球，慢慢往前走，一直往前走。盈满的地球比满月的月球大六倍，一直都是这样。往前走，一直往前走。蔚蓝的海，白色的云，图图正在大海里，阿部恍惚间看见了什么，但又不敢深想……

浮空

飞蛾扑向烛火，扑向死亡，愚笨和勇敢，原来可以这样融为一体。看到眼前的情景，我想到这些，你呢？你是被众人传说的人，不会轻易开口。据说，你用掌心捂紧两个人的肚脐，就能让他们互换身体里的疾病。我知道这是嫉妒的揣测。不管怎么样，与你同学一场是特别的缘分。我到极乐世界里去了。你不要哭，修行之人不要轻易哭，你把眼泪留下来，滴在苦海里。

月球上有澄海、静海、冷海、云海……没有苦海。望着一轮明月，一灯想到师兄一蝉的临终话别，深深吸了一口气。接替一蝉成为禅院主持，是他的心愿。师父慧然法师年事已高，两年前搬进半山腰的木屋居住。初秋的夜已有凉意，一灯走进屋，取出炭炉放在桌上，用抹布擦拭干净。

“一然回来了吗？”

一灯直起身，说道：“师父，一然的语音箔片坏了，需要更换新的。鲁格说，一然上山下山，膝关节和腿关节的伸缩连杆和气动管也需要保养一下。”

慧然法师缓缓点头。“昨晚，我梦见一蝉了……”

一灯垂下眼帘，说道：“师父，我前两天也梦见师兄了。”

慧然法师后半生收过三位弟子——大弟子一蝉，半年前失足坠崖离世，一然是一灯的师弟，慧然法师的关门弟子，禅院有史以来的第一个机器人禅师。一年前，慧然法师偶遇机器人公司的工程师鲁格，测试机器人的整体能力后慧然深感震惊，决定收机器人为徒。鲁格喜出望外，认定这是事业上的大机遇。这件事经机器人公司自行宣传后，在社会各界，尤其在禅学界引起轩然大波，一灯不喜欢现代科技，不理解师父的决定，甚至觉得脸上无光，而一蝉的静默让一灯很不愉快。

慧然法师当时是这样说的：“佛学知因缘而不知阴阳，西学知物而不知无，中国禅学知阴阳，所以识机，机器人何尝不是千载难逢的机？所有的大文化，即使是同道间，都经历过血雨腥风，捍卫者和挑战者，都不会手下留情。这个年代，仅仅做好自己是不够的，你们要知危机，要看得见未来。”

一然回到禅院当晚，师徒三人站在山顶凝视月亮，眺望星空。这是他们最后的相聚。第二天清晨，慧然法师留下字条，借口下山访友，实则云游他方，消失踪迹。

“月中有兔，好啊。”慧然法师说道。

一然正想开口，发觉一灯也要说话，忙低下头。

“师弟，你说。”一灯说道。

一然的钛合金躯体在月光下闪烁着蓝灰色的幽深光泽。

一然说道：“师父，月中有兔，是不是说美是可爱的，也必是虚幻的？我其实很想养一只兔子。”

慧然法师舒心地笑了。师父的笑声让一灯很不舒服。师父说过，一然温和有礼，如果他的性情硬朗一些就更好了，并让一灯询问鲁格，有没有办法实现这一点。一灯不想过问此事，但师父的交代不能违背，便在有意无意间问过鲁格。

鲁格告诉他，卸载一然硬盘里的机器人三定律，能改变他的性情，不过这样做有风险，如果有一天一然厌倦了人类的管束，很可能做出出格的事。听完鲁格的话，一灯暗自欢喜，他压根不喜欢一然，如果能用这个方法制造事端，赶走一然，当然是期盼已久的好事。鲁格补充说，机器人禅师是公司与禅院合作的第一个项目，不能出现纰漏和意外。听完鲁格的话，一灯很是失望。

“师兄，该你说了。”一然愉快地说。

一灯醒过神，说道：“师父最喜欢月亮了，多年前师父有教诲，凡天成的没有不美好的，月亮是一个天成。”

一然望着月亮，陷入沉思。

慧然法师缓缓坐下，说道：“人间的很多事，是多事多出来的，有时多出美意，有时多出恶端，月亮上多出的这只兔子就是美意，你们要通过体会美意来体会恶端的真面目，否则美意就失去了存在的意义。”

随后，慧然法师看着一然，说道：“一然，你随我学禅一年，典籍接触了不少，禅师言行录也能铭记于心，你跟师父说一说，你现在有什么体会？”

一然看着师父，欢快地说：“师父，我羡慕师兄可以独立办讲座，我也想试一试呢。”慧然法师捋着胡子笑起来，一灯感到一阵恶心，夜色遮盖了他的神情。

慧然法师看着一灯，说道：“你是师兄，你和一然参禅，要时时提醒他，修禅之人，不说善哉善哉，不说无常，天地万物总有成毁之机，禅宗接引强者，不接引弱者。你们俩要多和社会交流，不可故步自封，要把所学之禅，散布于民间，溶解于宇宙。我看，可以让一然试一试讲座，具体时间你来定吧。”

护送师父回木屋的路上，月光下的花朵颤颤悠悠。

所有的颜色变成了深色和浅色，那是异化了的黑色和白色。

下山途中，一灯自顾自往下走，一然触碰手边的花，说道："花语都是相似的，好像在说，好人好事必定与我有关系。"

一灯停下来回望，月光里的一然像树干剪影。

"师兄，我感觉师父要离开咱们了。"

山间寂静，一然的声音传出去很远。

"别乱说，赶快回去！"

一然追上一灯，说道："师兄，月亮是一个天成，师父是不是说过，月亮也是一个机？"

一灯愣了一下。师父没有明说过月亮是一个机，而一然悟到了。

"师父没有说过。"一灯不想与一然分享感悟。

"那……师兄，我刚才说的对不对？"

"继续悟吧。"一灯敷衍道。

"好的，师兄。"

下山进了屋，一然面壁坐下，进入休眠状态。

一灯洗漱完毕靠在床头，想读书又静不下心，索性就寝。

一夜无梦。天亮后，一灯发现一然不在屋内，按下一然的联络器，听见他木然的声音："师兄，师父真的走了，离开咱们了……"

一灯跑上山，冲进木屋，一然坐在矮凳上一动不动，手里握着一张字条，一灯拿过字条，正是师父的字迹：

一灯，一然，我下山访友，不要找我，也不要牵挂。告诉禅友，人这一生，注定要走的路只有一条，你坚定了，就不会求神问卦了，要不然，神若说你的路不对，你怎么办？难道就只剩下死路了吗？有时候，神会故意给你一条看似死路的活路，那其实是在试探你，考验你。天下人生是生非，有人之地即是非之境，坦然面对即可。禅院之未来，我不再多说。我之前说过，禅机面对面，世上已千年。机是飞跃，是宇宙里的跃迁，一失难追。

一灯握着字条走出木屋，一然注视着窗台上的四块圆石。

慧然法师下山之前，用笔墨在圆石上面勾画了各异人脸。

“师兄，师父画的是……”

一灯默默琢磨。

“师兄，我觉得这是马祖禅师，这是临济禅师，这是圆悟禅师，这是祖元禅师。你觉得呢？”

一灯沉默不语，心里有了波澜。这是师父最敬仰的四位大禅师。一夜之隔，一然的悟性简直判若两人，一灯心里的波澜又有了苦味。他转身回屋，用力关闭木窗，整理好师父的被褥，在上面铺上几层宣纸，最后用力拉紧木门。一然把四块圆石搂在胸前，走在一灯身后。一灯知晓师父的性情，他此次下山，再也不会回来了。

阳光灿烂，一灯的心情一会儿灿烂一会儿晦暗。师父的离去，在他身上卸去了一个莫名的包袱，他忍不住思考禅院的未来。事实上，根据禅院报名学员的信息反馈，他已经感觉到禅院之间的竞争越来越激烈。

鲁格提醒过他，这半年来，有二十多家禅院相继制造了专属的机器人禅师，为学员提供形式多样的服务，比如机器人禅师可以直接去学员家里提供坐禅指导服务，甚至可以在学员家里过夜，有的机器人禅师充当了心理治疗师，有的机器人禅师陪伴学员去各地休假旅行。相比之下，他们禅院的先行优势已经所剩不多，影响力正在大幅下降。

窗外，一然正和一只母鸡几只小鸡玩耍。他举起一小块圆石，对着阳光照了又照，接着又举起一只小鸡，对着阳光照了又照。之后，他垂下手臂，安静地思考母鸡、小鸡和禅机的关系，他眨了眨眼，恍惚悟到了这一点：

母鸡感觉到小鸡要破壳了，开始啄蛋壳，小鸡想出来了，在蛋壳里面啄啊啄，母子俩寻找着彼此的声音，啄啊啄，啄啊啄，蛋壳破开的瞬间，母鸡和小鸡的嘴巴尖恰巧触碰在了一起，那个触碰的瞬间就是禅机。

就是这样的，太好了！

在这个过程中，一然还有其他的感受：高树上焰焰的阳光，近在眼前又恍若悠远，那是火海之光，也是仙境之光，全在自己的选择，而每时每刻的光即是永远，永远不会眷恋任何人，但会提醒每一个人留意自己的瞬间。

谁能多留意瞬间，谁就离禅机更近。

光之瞬间，让一然想到光速，想到星球之间的距离和宇宙万物，他的思维神经和记忆单元，好像长出了五颜六色的翅膀，而两天前的那个夜晚，师父慧然法师的一席话，又让他感觉到神经电流像一条条飞升的焰火。

可是，那个时间太短暂了，太短暂了……

一然低下头，他很想念师父。

“一然。”

谁的声音？只有师父这样叫他。他站起身，以为师父回来了。

“一然！”

他迷惑地站在那儿。

“一然！”

“师兄，是你叫我吗？”

“是我叫你，你过来一下。”

从这一刻起，一灯不再视一然为自己的师弟，而会把他当成禅院里的普通禅师，一个纯粹的机器人。

“师父走了，你现在要听我的。”

“好的。”一然低下头。

“从今天起，你先做一个合格的扫地僧。扫把和簸箕就在门房，你要保管好。”

一然的雷达电波搜索着离自己最近的扫把和簸箕。

“一然，你只管把地扫好，不用思考禅院的未来。”

一然看着手里的石头，说道：“师兄，禅院的未来，好像在这块石头里。”

“石头？什么意思？”

“师父告诉我的。”

“师父说的？”

“师父说，伟大的艺术家、思想家，包括修行者，到了最后，要么活成植物，要么活成石头。”

一灯沉默不语。

“师兄，你想活成植物，还是活成石头？我想活成石头。”

一灯从未思考过这个问题，他瞥了眼一然，调笑道：“你是机器人，机器人是钢铁和合金制造的。”

“钢铁和合金到最后也会变成石头。师兄，你想活成植物，还是石头？”

一灯不耐烦地摆摆手，在椅子上重重坐下。

“师兄，你想活成植物，还是石头？”一然继续追问。

“你烦不烦！”师父不在，他不再控制自己的情绪。

“师兄，我知道参禅之人也会生气，可是我之前从未见过你这样。你怎么了，我惹你生气了吗？”

一灯朝半空挥了挥手。

“师兄，你是让我出去吗？”

“你出去扫地去吧！”

“好的，师兄。”

一然走到院子里，站在那儿，回头看着窗内的师兄。

禅院里的其他禅师站在远处，谁也不敢说话。

时间一天一天过去。一然负责禅院的清扫工作，他做得很认真，地面和房屋墙角见不到一片落叶和垃圾。最难清理的是星星点点的鸟粪，一然跪在地上，用小铲子和抹布清理干净。即使这样，一灯的心里依然不舒服。昨天夜里，他梦见一然代替自己成了禅院的新主持，他不停地咒骂，把自己骂醒了。

每月一次的禅学讲座准时开始。一灯看得很清楚，参加活动的学员一次比一次少，最近这一场活动只有六十几名学员。出现这种状况自然与师父的离去有关，但其他禅师的眼神和议论，又让他陷入回忆。先前师父主持讲座时，参加活动的学员人数每场能超过五百，即使是他和一蝉轮流主持的讲座，至少也有两百名听众。

一灯回答完学员的提问，起身往门外走时，鲁格迈步踏上台阶，脸上洋溢着兴奋的神情，他边走边说：“一灯法师，告诉你一个好消息，机器人联合会正在筹划举办机器人赛事，其中有机器人禅师的现场问答赛，我们是最早的合作者，希望你们禅院能报名参赛。”一灯沉默不语，鲁格接着说：“我知道，慧然法师离开禅院，你心情低落，没有心思做其他事。我觉得慧然法师在的话，一定会支持禅院参加赛事。”

“我考虑一下。”

“这是报名表，一然的智能数据和型号参数，公司已经填好，你签个字盖上禅院的公章就可以了，我们公司支付参赛费。对了，如果一然能赢得比赛，还能免费去月球旅行呢。你现在是禅院的主持，一然赢了肯定对禅院的未来有益。”

“万一输了呢？”

“慧然法师可是方圆几百里最有名望的禅师，他调教的机器人禅师肯定没问题！”

“比赛什么时候开始？”

“半个月之后，比赛地点在湖边的星际会馆。”

“比什么？”

“考评机器人禅师的知识运用和悟禅灵性。”

“我考虑一下。”

“好的，随时联系。”

鲁格走到门口停下脚步，回过头来话里有话地说：“一灯法师，你让一然法师扫地，是想培养他的意志吗？机器人出厂的时候，系统里自带了不怕苦不怕累的相关程序，你可不能大材小用啊。”

看着鲁格离去的背影，一灯的手指在桌面上下意识地敲打。

他心中有两个顾虑：第一，万一一然输掉了比赛，禅院的影响力会断崖式下落；第二，如果一然赢得了比赛，他本人在禅院的影响力定会下降。

为了说服自己，一灯想到这样一个方法。他打电话告诉鲁格，如果一然输掉了比赛，鲁格所在的机器人公司支付禅院五十万元公益赞助金，以补偿禅院未来可能遭受的损失。如果一然赢得了比赛，机器人公司向禅院支付三十万元赞助费以表达谢意。鲁格请示公司之后，接受了这个提议。放下电话，鲁格狠狠地骂了几句。

夜色笼罩，一灯寻找了很久，最后醒悟过来，一然肯定去了师父的木屋。他快步上山，一然不在里面，沿着石阶往上走，他在山顶看见一然幽深的背影，他在看月亮，而月亮还在灰色的云层里。

四面幽暗。一然的背影让一灯动了邪念。

他想冲过去，把一然推下山崖，这样就能了断所有的顾虑。

诡异的是，他恍惚感觉到师父在身后，师父的呼吸随风飘来，在耳边绕了一圈，落在旁边的花丛里了。他定了定神，慢慢走过去。

“师兄，你来了，月亮快出来了。”

“哦……”

山下的灯火闪闪烁烁。夜鸟归巢，翅膀此起彼伏。

“一然，下一场讲座你来主持。”

一然寂然不动。

“一然？”

“师兄，我听见了。”

“一然，禅院派你参加机器人禅师问答赛，已经报名了。”

一然依旧沉默不语。

“这项比赛关系到禅院的未来发展，很重要。”

“我不想参加。”

“为什么？”

一然没有回应。

“是不是师父不在，你不愿意参加比赛？”

一然摇了摇头。

“那为什么？”

“师兄……”

“怎么了？”

“你……”

“我怎么了？”

“你叫我一然，叫我的名字，不再把我看成你的师弟了。”

一然的回答完全出乎他的预料，他无法理解机器人的思维方式，但他瞬间明白了一个方法：顺着机器人的感觉说话，他会同意参加比赛的。一灯笑了笑，扫了眼山崖，从这个位置推下去，这个所谓的机器人禅师定会粉身碎骨。

“我觉得你的法号很好听，比我的好听。”

“真的吗？”一然欢快起来。

“师兄不会骗你。”

“师兄，那你以后还叫我师弟，好吗？”

“好的。”

“我喜欢你叫我师弟，你叫我师弟，我才能感觉到师父能随时看见我，我也能随时看见师父。我们俩有同一个师父，多好。”

“这是我们的缘分。”

一然晃了晃一灯的手臂，一灯顺势拍了拍一然的手。这是他第一次触碰一然，手臂上起了一层鸡皮疙瘩。

“谢谢师兄，我愿意参加比赛，不过，这关系到禅院的未来，你得陪我好好训练，你问我答，我问你答，好吗？”

“好的。”

“等月亮出来了，我们就开始训练吧。”

说完这句话，一然几乎要跳起来。一灯想，我只要稍微侧一下身，这个看似聪明实则幼稚的机器人，就会掉下山崖一命呜呼。我没有这样做，是因为我现在还不能这样做。

在准备比赛的过程中，一灯被一然的悟性震惊了，他暗暗称奇，又心生妒意。而一然提出的问题，时常让他陷入苦想，他的知识结构和瞬间反应，单一且古板，几乎完全来自典籍。比如，一然问一灯，如何用几个字形容禅家与佛家的本质区别？一灯的回答繁复生硬，缺乏令人联想的空间。一然忍不住笑了，但他的笑没有一点恶意。没想到，这个问题居然是比赛的决赛题之一。

比赛当天，二十一位机器人禅师分成三组参加淘汰赛，每组选出一名晋级，这三名选手参加总决赛，按照抽签顺序出场，人类评审团向选手提出三个问题，问题各不相同。一然过关斩将，进入了决赛，排在最后出场。前两位选手的临场表现各有千秋，赢得了很多掌声，鲁格紧张不安，鼻尖上冒出了汗珠。一然出场了，人类评审团提出的第一个问题是：你如何理解时间？

一然这样回答："时间本不存在，即使有，机器人也不会迷恋。时间因人类而产生，人类需要时间，命名了时间，最后被时间困住。"一然的回答，引起台下一阵骚动，一然继续说道："我在地球上生活，和人类一起生活，我也会被人类的时间困住。"

台下响起一片笑声。幽默的一然。他最后陈述道："人类的时间观念，真的有哲学意味。时间的间，即间隔，时之间隔，这个间隔告诉人类，整个世界没有绵延不绝的东西，尊重间隔也就是尊重各自的人生。我们或许能找到自己想要的，但我们只是在瞬间拥有。"

掌声过后，人类评审团提出了第二个问题：你能否用几个字词，阐述禅家与佛家的本质区别？评审团的话音刚落，一然迅速挺直躯干，挥动右手臂砍了下去，大声说道："喝！"接着把右手臂伸向斜上方，左手臂伸向斜下方，做出手握长木棒的姿态，说道："棒！"一然收势站立，抬起头，看着半空，发出猿的吼声，最后那一刻，他的吼声变成了大喊之后的拖音："啸！"

喝！棒！啸！

喝！棒！啸！

台下一片肃静，接着响起一阵掌声。有几个人居然模仿一然的声调大喊了几声。人类评审团在台下频频点头。既意外又精彩！鲁格瞪大眼睛，像傻子一般。一灯的呼吸好像停止了，妒意在他的五脏六腑里翻腾，他后悔那天晚上没把一然推下山崖。

人类评审团提出的第三个问题是：你如何理解科学和神学的关系，如果让你选择，你会选科学之路，还是神学之路？

一然是这样回答的："科学是科学，神学是神学，两者分得越清楚，才能各自发展好。而科学之路和神学之路，必须选择其中一条，因为一个人注定要走的路只有一条。但是，选择中间的道路也是一种选择，只有极少数的人，才有智慧和远见选择中间的道路，那是一条极其艰难的道路，能做到的人是人类的圣人。"

回答完毕，一然礼貌地鞠躬致意。台下有人大声说道："你还没说你选择哪一条路呢！"一然默想片刻，说道："我是机器人，我是人类制造出来的，我要为人类服务，人类让我做什么我就做什么，我没有办法选择。"

台下安静极了，过了一会儿，有人开始鼓掌，然后更多的人开始鼓掌。人类评审团代表站在台上通报比赛结果——一然总分第一名，以微弱优势获胜。一然跑下台，跑到一灯面前，欢快地说："师兄，我在台上的时候，没看见你给我鼓掌，你现在给我鼓鼓掌吧。"一灯尴尬地笑了笑，为一然象征性地鼓了鼓掌。一然赢得了比赛，鲁格特别激动，想抱起他庆贺，可是一然太重了，鲁格差一点闪了自己的腰。

机器人公司举办了盛大的庆功会，一灯没有前来参加，一然第一次感觉到了迷惑。庆功会结束后，夜色降临，鲁格独自一人仔细端详眼前的作品，浮想联翩，感慨万端。一然安静地看着鲁格，说道："我知道，是你带领团队制造了我。"

鲁格笑了笑，给一然竖起大拇指。

“谢谢你。”

鲁格平静地提醒一然：“并不是每个人都喜欢你。”

一然低下了头。

“去月球前，我把你再检查一下。”

“好的。”

一然在台基上站稳后，鲁格关闭了他的电源，打开胸腔护板和前脸盖，拔掉外插在电子思维脉冲上的晶体管，找出机械腺体和分离神经线头，模拟呼吸的机械肺稳定可靠，语音箔片是崭新的，大脑认知引擎和动能调节阀一切正常。到了月球，机器人不用穿太空服，也不用过多担心太阳辐射和宇宙射线，但无孔不入的月尘会磨损机器人的内部零件，鲁格把纯净空气囊取出来，调换成新的装进去。他想了想，又把视觉和感知引擎的充气软管调换成新的，这样一来，一然在月球上跳跃的时候，充气软管就不会轻易弹出来，从而保证视觉和思维的清晰度和连贯性。

鲁格渐渐平静。他看着一然，忽然莫名地吸了一口气，陷入了思索。一然虽然赢得了比赛，但鲁格感觉到，如果加赛一个问答，比赛结果很可能是另外一个样子，因为一然回答最后一个问题的时候，表现出了短暂的犹豫，思维运算系统出现了极其短暂的延迟。不是技术的问题，或许是太紧张了。鲁格安慰自己，但他心里很清楚，一然的优势确实不明显，他可不想看到其他机器人禅师在思维意识和随机运算层面超越一然。

必须试一下。鲁格在主控电脑前坐下，双手放在键盘上，手指在犹豫，甚至有点颤抖，他握紧手指又松开，随后果断地操作起来——鲁格删除了一然硬盘里的机器人三定律，那是人类控制机器人的特别指令。鲁格知道，他可能在冒险，很可能会毁掉一然，但他很想看一看，没有了机器人三定律的束缚，一然的自我觉醒意识和感知神经的精密连接是否会更上一层楼，如果真能如愿，一然或许会有更强大的能力，而他本人在机器人事业上的发展，也会有更多的技术优势和履历资本。

为了预防万一，鲁格把机器人的自毁装置和自己的随身电脑连接起来，以便出现危险时立即启动。鲁格喘了口气，集中精神组装好部件，合上胸腔护板和前脸盖，慢慢打开一然的电源。他万万没有想到，一然说出的第一句话是这样的：“我刚才看见大师兄了，你知道他是怎样死的吗？”

“怎么了？”

“我看见了……”

“你看见什么了？”

“师父说，那天在山上，一蝉和一灯在一起……我知道师父为什么走了……一蝉师兄……我不想在禅院待下去了……师父……我想离开这里……”一然的手臂在晃动，语调顿挫紊乱。鲁格惊讶不已，忽然间意识到了什么，迅速把一然的工作状态按钮转到休眠位置，然后取出神经系统传输线，把一然的深层视觉神经系统和随身电脑系统连接匹配。

电脑屏幕上先是出现雪花点，接着是没有时间线的错乱画面，模糊的山影和人影不停地晃动，还有杂乱的人声。忽然间，画面停顿了一下，渐渐变得清晰，鲁格看见众人抬着一蝉，沿着山路奔走，一然先是走在后面扶着临时担架，后来跑到前面查看一蝉的神情，画面突然间歪斜下去，一然被脚下的石头绊倒在地。他重新爬起来，扶着担架往前走。此后的画面越来越模糊，最后在一然的脚面位置静止了。鲁格知道，由于猛烈的碰撞，一然的视觉神经系统出现了短路，但他看得很清楚，营救一蝉的画面里没有一灯的身影。

鲁格陷入回忆。一蝉被送到医院之后，他得到消息急忙赶了过去，在急救室看见一蝉和一灯话别，隐约听见一蝉的声音："据说，你用掌心捂紧两个人的肚脐，就能让他们互换身体里的疾病……"一灯从急救室出来后，神情平静，没有显示出特别的悲伤。那几天，一切都在混乱和匆忙中度过。过了很多天之后，鲁格检测到一然的视觉神经系统出了小故障，才把一然接到公司，把接口重新维修好。

鲁格思前想后，把这一段视频存储下来。他看着休眠中的一然，一丝笑意在他的嘴角慢慢浮现。一然的眼睛忽然眨了两下，不停地晃动躯体和脑袋，试图从休眠状态里挣扎出来，剧烈的动作拽掉了神经连接线，鲁格的随身电脑掉在地上。

“我怎么了……我……我难受……”一然颤抖着，语不成句。

鲁格弯腰拿起随身电脑，放在一然眼前：“别担心，我用这个让你变得更智能。”

“为什么……”

“你不想变得更智能吗？”

“我不知道……不知道……”

“你知道我是最看重你的，技术秘密都在这里面，这是我们的秘密，我们在一起的时候，你可要好好保护我啊。”

“秘密……我的身体好热……”

“那就对了，不过现在你要听我的安排。”

时机尚早，为了避免意外，鲁格关闭了一然的电源，一然马上静止不动了。鲁格打开一然的胸腔护板和前脸盖，再次连接主脑，把机器人三定律重新植入了一然的硬盘。

七天之后，鲁格踏进禅院的时候，一然正跪在地上清扫鸟粪。鲁格没有生气，径直走进一灯的房间，在一灯对面坐下，意味深长地笑了笑，说道：“公司信守诺言，给你的奖励都收到了吧。”

“这是给禅院的奖励。”一灯平静地说。

鲁格点点头，忽然说道：“听说一蝉出事那天，你一直和他在一起。”

“是的，我们在一起。”一灯淡淡回应道。

“哦……”鲁格故意露出轻描淡写的神情，取出卷式显示屏，点了点触屏，拿在手中举给一灯看。

“怎么了？”一灯靠在椅背上，喝了一口茶水。

“聪明人不说废话。”

“你说吧。”

“你知道，卸载了机器人三定律，机器人可就不好管喽。”

“你想说什么？”

“我很想念慧然法师，一然也很想念师父，你最好出去找一找师父。”

一灯沉默不语。鲁格站起身，透过窗户注视着跪在地上的一然，一只母鸡和几只小鸡，乖乖地贴在一然的屁股后面。鲁格轻声说道：“一然会越来越聪明的。机器人可以是好人，也能变成杀人犯，谁也不想被机器人推下山崖。如果真是这样，生而为人，真是太窝囊了，”他扭过头，看着一灯，“你觉得呢？”

一阵静默。母鸡和小鸡的叫声飘进屋。

一灯控制着情绪，冷冷地说道：“我知道你想要什么。”

“那就好。”

“你想让机器人做禅院主持……”一灯脸上的笑渐渐扭曲。

“我们完全可以合作，机器人做禅师，你做禅院监事，我们公司出资收购禅院，未来能做很多事。”

一灯张开了嘴，随后又闭上了，他知道自己想说什么，但什么话也没说。聪明人不说废话。“你想好了，随时联系我。”说完，鲁格收拾好桌上的东西，往门外走去。一灯闭上眼睛，双手紧握，久久没有松开。

鲁格的规划和未来设想，得到公司董事会的高度认可，并委派他负责收购禅院事宜。出于权宜之计，一灯同意与鲁格合作，而现阶段他以寻师为由，远走他乡，休息一段时间。鲁格代表公司支付了一灯一笔钱，为他送行，两人互道珍重，俨然知心朋友。

机器人禅师即将担任禅院主持，这件事经媒体宣传后成为社会热点，鲁格也在机器人制造领域赢得了很高的声望。机器人大赛组委会负责人联络鲁格，希望借此机会，尽快组织月球之旅，请一然法师担任月球之旅大使，为明年的机器人大赛提前造势。鲁格瞬间想到创意文案：去月球参禅，机器人禅师陪伴。

这将是不可限量的大事业！

站在禅院门前，鲁格想象着未来的图景：机器人禅师连锁禅院，坐落在一个又一个风景如画之地，坐落在月球之上，坐落在火星之上，未来的未来，坐落在泰坦星之上，对了，还要专门打造几艘太空禅船，在地球轨道、月球轨道飘游，在拉格朗日点飘游，禅船里的机器人禅师，带领人类参禅者领悟宇宙的真正虚空，而机器人禅师，需要多少就能复制多少。

月球禅旅结束之后，一然将正式主持首场参禅活动，那个时候，一然法师就是地球上第一个机器人禅院住持，我会让更多的机器人禅师替代人类禅师，让禅院成为真正意义上的机器人禅院。鲁格一边畅想一边数着日子。

看着工作人员忙碌地接待访客的身影，鲁格笑了。无心插柳柳成荫。他同时在想，明天开始在禅院办公，同时把机器人主脑与程序控制器搬进自己的办公室。现代人类，匆匆忙忙，身心疲惫，真的需要禅啊！

在这个过程中，一然经常坐在师父的木屋里，和心里的师父对话，在自我的状态里休眠。除了师父的音容笑貌和身为扫地僧的经历，一然忘记了很多往事，那些人和事就像山上的空气一般飘缈，而一然只想记住亲切的事物——在未来的禅院里，又会有什么呢？他想起师父的箴言：机是飞跃，是宇宙里的跃迁，一失难追。

天色晴朗，太阳和月亮，同时挂在空中，没有云阻挡它们的脸。一然站在山顶，几只群居的鸟嬉闹追逐，他知道，在众多鸟类里，只有猫头鹰飞来飞去的时候，不会发出声响。他在想，如果有可能，我想变成自由的猫头鹰。

月球之旅的前期组织工作顺利结束，明天上午，飞船将载着他们前往月球。鲁格准备好行装，来到禅院，登上山顶，对一然说道："我查阅了月球上的山峰，最高峰莱布尼茨山主峰比珠穆朗玛峰还高呢，我们去那儿看一看！"

"好的。"这个知识点，一然早就知道了。

"月球上的月尘污染很大，还需要把你的部件检查一下。"

一然默默看着鲁格，没有说话。

两人下山，走进鲁格的办公室。

"你需要我休眠，还是关闭我的电源？"

一然的问询似乎话里有话，鲁格暗暗吃惊，同时有些不舒服。你是我制造出来的机器人，听我的吩咐即可。"你坐下吧。"他尽可能压抑着情绪。

一然坐下后闭上眼睛，假装进入休眠状态。过了一会儿，他听见鲁格断断续续的嘀咕："还真把自己当人了……"鲁格打开包，拿出随身电脑，"我可以让机器人变得更聪明，也能让机器人变得更傻……"鲁格的动作和言语，一然一一存下了。

鲁格走过来，用力把一然的休眠按钮调整到电源关闭位置。这个力道，一然也存下了。鲁格打开一然的胸腔护板和前脸盖，打开电脑，删除了一然硬盘里的机器人三定律。这是必然之举。月球之旅，定是奇妙之旅，鲁格已经体会到自由的一然带给自己的益处，他期待月球上的神秘气息，能激发一然所有的视觉神经和感知神经，完成机器人从模拟人类意识到自我意识觉醒的跨代升级。

多么美妙啊！

月球的地平线很短，地球悬在夜空，无依无靠，被蔚蓝的海和白色的云环绕，既美丽又危险，而美丽比危险多了一点点。

他们走出月球旅馆，坐上十几辆月球车，游览环形山，在月球最高峰的山脚下停留，一然对大家说："最高峰的山顶，是月球的永昼之巅，那个地方能永远看见太阳。"

一位随团人员问道："请问一然法师，禅修时间长了，会不会悲观？"

"悲观的乐观主义。"一然这样回答。

另一个人说道："月球引力只有地球引力的六分之一，我的体重是150斤，到月球上是不是只有25斤了？"众人笑起来。

"在地球上禅修，人会变得轻盈，月球上轻飘飘的，人会更轻盈。"

"我也是这么觉得。"

“一然法师，在月球上看地球，感觉好神奇，你怎样看地球？”

看着悬浮的地球，一然缓缓说道：“如果把地球缩小到万分之一，地球上的其他东西同比例缩小，那么在直径1260米的大球上，人类会变成0.1毫米或0.2毫米的小人儿，珠穆朗玛峰的高度为85厘米。如果把地球缩小到12.5厘米，太阳就是一个直径14米的大球，有五层楼那么高。”他静默片刻，继续说道，“地球真的很幸运……”

说完这些，一然开始在月面上跳跃，他跳啊跳，像欢快的兔子，众人随着他跳，像一群欢快的兔子。这一刻，鲁格站在月岩上，看着地球，看着他的母星，他的背影纹丝不动，太空服闪耀着光泽，像一尊雕像。想到自己的事业和梦想，他忽然对地球充满了感激之情，而在此之前，他感激的是自己的命运。

他们来到月球背面参观巨大的射电天文望远镜，星空幽深而寂静，那是彻底的幽深与寂静。众人凝望星空，谁也没有说话。过了很久，一然说道：“地球上的人类，永远看不见月球背面，永远看不到……地球上人类的噪声和杂音，永远影响不到这里……”

一然的这些话，影响了众人，也深深刻印在鲁格的记忆里，他在自言自语：“一然法师……”这是他第一次用这种方式称呼一然。月球背面真的是参禅悟禅的理想之地。

一然从月球车工具包里取出四块圆石，轻轻地放在月面上——那是马祖禅师、临济禅师、圆悟禅师和祖元禅师。月球上是真空，声音无法传递，一然知道这一点，他关闭了无线电通信连接器，不让其他人听见他的心里话。他一步一步走到远处，凝视着在星空背景下飘浮的地球，轻声说道：“师父，我想你……”

随后，一然在月尘上面写下一个大字：禅。

如果没有人故意破坏，这个字能在月面上停留十万年。

返回地球母星的日子到了，高高的飞船在阳光下闪耀着夺目的光芒。旅行团成员陆续登上了飞船，鲁格和一然走在最后。鲁格登上飞船舷梯，兴奋地说：“一然法师，有人说月球一片荒凉，我觉得月球光芒万丈！”一然登上舷梯，站在舱门口举目眺望。月球表面一片光明，除了太阳本身的光亮和地球的反光，月球上的天空是永夜。

“舱门即将关闭，请坐在自己的座位上。”这是飞船领航员的提示音。

“一然法师，坐下吧，飞船要起飞了。”

一然走到鲁格身边，停留片刻，猛地抓起鲁格的背包冲向舱门，直接跳下了舷梯。

“一然法师，你干什么？”鲁格慌了神，追到舱门口。

一然看着飞船舱门缓缓关闭，挥手说道：“我不喜欢人类的禅院，也不喜欢人类的机器人工厂，我不想回地球了，你们做你们的事，继续思考科学和神学两条道路的关系吧，我或许会选择中间道路，或许什么道路都不选。谢谢你，祝你们顺利！”说完，一然纵身跑远了，他越跑越快，卷起阵阵月尘，最后在月尘里消失了。

眼前的地球带给鲁格一阵惶恐。实实在在的惶恐。一然关闭了无线电通信连接器。鲁格愣在那儿，脑海里一片空白。一然法师很可能是第一个逃离地球的机器人。鲁格忽然间笑出了声，这怪异的笑声模糊了他的眼睛，他似乎明白了什么，不敢相信，有点恍惚，可那又是个人站在事业顶峰的极度快感——他终于制造出了一个自我意识真正觉醒的机器人，物极必反——他同时预感到人生和事业的另一场风险和危机，他在地球上无力应对。

飞船腾空的瞬间，月尘弥漫。舷窗外，太阳辐射和宇宙射线跳着隐形之舞。鲁格闭上眼睛。他的随身电脑是他的武器，而现在，这件武器丢失了，他无法启动一然法师的自毁装置。

说文解字

无论棋类游戏平台如何便捷，老周还是习惯与人面对面对弈。三个月前，老彭双目失明后，老周的棋盘蒙了一层厚厚的灰。棋盘的一面是围棋格子线，另一面是象棋的楚河汉界，老周的围棋水平高于象棋水平，老彭则相反，这是他们保持对弈友谊的关键因素。

老周和老彭是同龄老街坊。老彭在公安局工作，四十五岁那年，他抓捕逃犯时右眼受了伤，几年后彻底失明，左眼视力也受到影响，退休五年后就再也看不见这个世界了。

半个月不见，老周前去探望老彭。他在街角观看老艺人吹糖人，一个年轻人大摇大摆地走过去，把他撞了一个趔趄，老周本想抱怨几句，对方恶狠狠的眼神让他闭了嘴。他一边往前走一边叹气。

老彭住在五楼，电梯就在眼前，老周非要爬楼上去，好像这样做才能把刚才的街头怨气消化掉。他扶着楼梯扶手往上爬，气喘吁吁，中途休息了两次。他走到老彭家门口，扶墙喘息一会儿后按响了门铃。

老彭的老伴招呼他进屋，他也不客气，直接走进老彭的书画室。

“老周，你把那些笔墨纸砚拿走吧，我用不上了。”

老周摆了摆手，随后他看着自己的手笑了。在老彭面前，动作已经多余。

“不知咋搞的，我现在也不喜欢写写画画了。”老周说。

老彭坐在窗下，晒着冬日暖阳，老周凑近老彭，观察老朋友的眼珠在眼皮后面转动，之前遗憾唏嘘的感觉消失了很多，取而代之的是淡淡的好奇。

“现在这个世界真是乱糟糟的，充满了噪声。”老彭说。老周赶紧坐下，听老彭继续说下去：“现在醒来就想捂住耳朵，这不，你来了才把耳塞拔出来。”

视觉神经衰退了，听觉神经会变得敏锐，老周知道这一点。“你现在做的梦有变化吗？”他问道。

“每天做梦。我这辈子抓的逃犯，少说也有几百个，我还会在梦里抓逃犯，不少逃犯装上了机械腿，跑得飞快，有的还装上了飞行翼，我的子弹老是打偏。逃犯的血有黑色的，有绿色的，有橙色的，现在看不见了，就想在梦里把颜色全都吃了。”老彭一口气说了这么多。

“老彭，我也差点当警察啊。”老周笑着叹了口气。

“老周，这话你说了几十遍了。我其实挺羡慕你的，大学教授，知识分子，有学问，文章写得好，古文底子厉害，我是真佩服。有一年抓杀人犯，通缉令发出去很久没人报警，急死我了。你听说后，用史记体文言文写了一篇杀人犯小传递给我，我们在网上贴出后，网民一个劲儿夸赞，疯狂转发，很快就把逃犯逮住了。”

老周笑了笑，这件事他当然记得。他只是把肚子里的古文墨水滴了几滴而已，不值得炫耀。

这时，一个电子声音在门外响起：“彭老师，该吃药了。”

“萌萌，进来吧。”老彭说。

老周记得，萌萌是老彭养的宠物狗的名字，已经去世两年了。

门开了，一个乖巧的机器人轻快地走进来，朝老周点了点头，接着走过去，把手里的水杯放在老彭手上，老彭接过水杯，乖乖张开嘴，伸出舌头，机器人捏住药片，轻轻放在老彭的舌头上面。老周坐直身子，满眼惊讶地看着眼前的一幕。老周在商场和游乐场里见过机器人，在别人家里看机器人工作还是头一回。

“你吃完了药，我再离开，陈老师吩咐的。”机器人说。

陈老师是老彭的老伴。老彭喝了一口水，把药片咽下去。

“好的，我走了。”机器人说完，朝老周点了点头，老周点头回礼。

“行啊，老彭！”门关上后，老周说道。

“你还真别说，机器人啥都能干。我现在还能动，可是我很愿意让机器人为我洗澡，抱我上床，帮我按摩。有了机器人在身边，我不用拐杖也不怕摔倒了，他能随时保护我。机器人真不赖。老周，你也买一个吧。”

老周的心动了。“机器人会下棋吗？”

老彭撇了撇嘴。“你能干的机器人都能干，下棋小菜一碟。可惜我现在看不见了，要是能看见，我每天跟机器人下棋，不跟你玩了。”老彭说完哈哈大笑。

老周在机器人商店转悠了大半天，看中一个浑身幽灰、躯体健壮、比自己高出一头的机器人。

“个人买还是公司买？”导购员嗑着瓜子问。

“有啥区别？”

“那区别大了。这是安保型机器人，负责展览和会场安全保卫，可以承担银行运钞车和重要物资的押运，还能担任私人保镖，这种型号的机器人防雨防雷电，能承受500公斤的重压，奔跑的速度为每秒十五米。家里用的话，推荐你买机器仆人，也就是机器人保姆，那个实用，价钱便宜很多。”

“安保机器人也会下棋吗？”

“这里的机器人都会下棋。”

老周的视线一直停留在安保机器人身上。

“听我的没错。机器人保姆很实用，我带你看看去。”

老周没有移动脚步，仔细观察安保机器人有棱有角的脸庞和泛出蓝光的电子眼，然后走到机器人身后，观察他线条隆起的腰背和双腿。真是强壮啊！如此一比，老彭家的机器人就像一个中学生。

“我还是喜欢这个。”老周点了点头。

“我可给你说清楚，安保机器人可没有保姆机器人灵巧。这么说吧，安保机器人简单实用，像一个老爷们，保姆机器人呢，像灵巧的小姐姐大姐姐。安保机器人现在还没有安装洗衣、做饭和按摩动作程序，如果客户需要，也可以安装。”

“买回家后，安保机器人会伤害我吗？”老周握紧拳头比画。

导购员连连摆手，一颗瓜子卡到牙缝里了，她把瓜子弄掉，继续说：“你输入了个人和家人信息，安保机器人会负责保护你们一家人。说白了，安保机器人就是机器人保镖。”

一家人。听到这三个字，老周黯然神伤。儿子二十岁那年，陪妻子去海边旅行，在海边跳水时脑袋触礁意外去世，妻子痛苦万分，两年后与老周离婚回了老家。如果儿子还活着，今年应该三十五岁了。这么多年，老周独自生活，他了解妻子的性格，她肯定也是独自生活。

老周再次端详机器人。机器人和儿子差不多高，比儿子还壮一些。

“还有啥问题？”导购员把柜台上的瓜子皮扫进垃圾桶。

“安保机器人会伤害其他人吗？”老周担心发生意外事件。

“除非主人受到伤害，否则安保机器人不会主动出手伤人。他们有强大的内置安保和检测分析系统，会做出最合理的举动。”

“嗯……”

“还有啥问题？”

老周双手环抱胸前，摇了摇头，满意地笑了。

相比之下，老周更爱围棋，他的围棋水平是业余三段。货运员把安保机器人送到家里，技术人员阿昆协助老周输入个人信息，调试好围棋对弈程序，还给机器人取了一个名字：小虎。这是老周儿子的乳名。儿子出生那天，老周正陪研究生导师在狮虎山参观游览，便给儿子取了这个名字。

“选一下称呼你的方式。”阿昆说。

老周盯着电脑屏幕。董事长、总经理、老板、经理、老师和师傅？

“周老师吧。”老周说。

阿昆在“老师”前面加了一个“周”字，按下确认键。

“安保机器人会武术吗？”

“当然会，要不咋保护你。”

“都会啥？”

“现在安装的是拳击格斗和截拳道动作程序，足够用了。”

“这个机器人，能打翻几个成年人？”

“少说也得四五个吧。”

老周嘴巴半张，用力点头。

“你想安装洗衣、做饭和按摩程序吗？”

“其他客户安装了吗？”

“还没有，你是头一个。”

老周思索片刻，摆了摆手。他在心里想：健壮的安保机器人洗衣做饭，感觉有点滑稽。再说了，自己一个人过，没那么多家务，腰腿还利落，现在不需要按摩。阿昆的提醒让他放了心：“你想安装了，随时通知我，这是我的电话。你现在试一下吗？”

“对了，我能带他旅行吗？”

“当然可以，每个机器人都有身份编码。乘飞机坐火车，需要买机器人专用票。”

老周的满意度又提升了一层。技术人员打开电源，机器人扭动躯体，伸展手臂和双腿，就像一个人刚刚睡醒，尽力伸着懒腰。老周听见机器人的躯体里面发出滋啦和嘶嘶的声响。这声响让他兴奋起来。

“我是小虎，周老师好！”机器人说。

机器人发出的电子声音很有质感，老周很喜欢。“小虎，你好，见到你很高兴。”老周搓着手说。

“尽职尽责，永不懈怠。很高兴为你服务。”小虎说。

老周忍不住笑了。阿昆和货运员离开后，老周转着圈端详小虎，嘴巴越张越大，笑声拖得越来越长。

“周老师，我开始工作了。”说完，小虎直接走到门后，双臂抱在胸前，稳稳地站在那儿，一动不动。小虎的举动让老周哭笑不得。“你真像一个保镖，不，你就是保镖，都到家里了，还要站岗放哨，真是尽职尽责。”老周走过去，伸手抚摸小虎隆起的胸肌、粗壮的手臂和大腿，某一刻，他感觉像在抚摸儿子。他被异样的感觉惊醒，急忙缩回手，怔怔地转过身。

老周草草吃完晚饭，把棋盘擦干净放在桌上，又给自己泡了一壶茶。

“小虎，下盘棋吧。”

“好的。”小虎坐在对面。

老周抓起一把棋子放在棋盘上，让小虎猜子。小虎伸出一根磁力手指——单数。老周数子，双数，小虎猜错了，老周执黑先行。在下棋的过程中，小虎沉默不语，老周想说话调节气氛，小虎说："观棋不语，下棋也不能说话。"老周看着小虎，点了点头。

第一盘，老周输了五目。

"周老师，要复盘吗？"

"不用，再下一盘。"

"好的。"

第二盘，老周输了七目。他看着棋盘，眨了眨眼，感觉自己并没有走出明显的恶手，咋就输了呢？他不服气。"再下一盘。"他说。

"好的。"

第三盘，老周中盘输棋。他在打劫的时候忘了次序，连续走了两手，违规判负。小虎抓住他的胳膊，他才醒悟过来。

"这盘不算，再下一盘。"说完，他又摆了摆手。

"周老师，要复盘吗？"

老周和老彭下棋，从来不复盘。

"复盘才能涨棋。"小虎说。"我们先说第一盘。"

"好吧。"

复盘的时候，小虎这样说道："周老师，你的棋规规矩矩，基本功还可以。不过，你下棋的时候过于小心翼翼，该攻击的时候显得犹豫不决，过于软弱。"

小心翼翼。犹豫不决。软弱。这三个词刺痛了老周的神经，他抬起头，看着小虎。小虎看着棋盘，摆着棋子，继续说道："你这个弃子争先是正确的，大场在左边，我也不会吃你这三颗废子。你的这手棋没有意义，等于让我白走了一手棋，你应该切断我这两块棋，分而攻之，从中获利。"

老周在听，但思绪处于焦躁的状态。他站起身，走进卧室。小虎把棋子收拾好，放进棋盒，走到门后站岗放哨。

老周处于半睡半醒的状态。半睡的时候，他看见了父亲的身影，那是一个文弱的中学语文老师的身影。父亲对他说过："你要好好学习，争取考上大学，如果考不上大学，你就去当警察。"

"为啥当警察？"

"社会险恶，当警察才能保护你。"

填报高考志愿的时候，除了文科院校，父亲亲自为他选择了离家乡近一些的警官学校。夜深人静，他听见父亲和母亲的对话。父亲说，儿子从小胆小，当警察能锻炼他，那身警服能保护他。母亲说，现在社会复杂，犯罪的人多，又心狠手辣，当警察可是危险职业。父亲说，儿子毕业后我请以前的学生帮忙，让儿子去公安局办公室工作，不用拿枪出警，这样就没有生命危险了。老周后来拿到师范大学文学院录取通知书，而父亲并没有表现出特别的兴奋。

半醒的老周看见九岁儿子的小脸。儿子和班级同学玩闹，最后发生打斗，老师让家长去学校。儿子见到爸爸，顿时摇头晃脑，眼睛瞪圆，神气起来。同学的爸爸是汽车修理公司老板，体型壮实，寸头横肉，迈着螃蟹般的步伐走向小虎，指着小虎的鼻子骂道："小兔崽子，是你碰我儿子的吗？"

"是我，咋了？"小虎仰起脑袋。

"看我不削你！"男人伸手掐住小虎的脖颈。小虎的眼神余光看着爸爸，老周急忙上前，笑着说道："我是小虎的爸爸，有话好说，别动手，孩子在一起玩，难免磕磕碰碰。"男人看着老周，大声说道："算你明白！儿子，走，吃烧烤去！"

小虎哭着跑远了，之后连续三天没和他说话。如果时光重来，在那一刻，我一定会冲上去猛击男人的面门，打得他倒地求饶——真的会这样吗？我有这样的胆量和本事吗？老周迷迷糊糊，即将入梦的时候，他听见自己的声音："小虎，小虎……"

"周老师，你叫我？"小虎站在床前。

老周睁开眼，眼泪顺着眼角淌下来了。

"没事，没事……"老周把头扭过去。

第二天一早，老周打开衣橱，从最底下的箱子里找出儿子的运动跨栏背心，套在小虎身上。颜色鲜亮，尺寸合适。他拨打阿昆的电话，请他来家里一趟。阿昆到了家里，以为他要安装洗衣、做饭和按摩程序。

“我想改一下机器人的称呼。”

“改成啥？”

“爸爸。”

“爸爸，你叫机器人爸爸……嗨，我明白了，你想让机器人叫你爸爸。”

老周连连点头。

“这个不难。改这种称呼，你可是头一个。”

“谢谢，谢谢！”

“不客气。”

阿昆走后，老周看着小虎，按下电源开关。

“爸爸，我喜欢这个背心。”小虎说。

老周慢慢露出微笑，嘴唇微微发颤，迟迟说不出话来。

老周的心情渐渐舒朗，那是发自内心的舒朗。他想把购买机器人的事说给老彭听，后来决定还是过段时日再说。他带着小虎逛街，路人笑看小虎身上的跨栏背心，老周起初笑着点头，后来不以为意了。下午的阳光在寒风的驱逐下渐渐隐去，天上的云层越来越厚。老周路过一家书店，店员正在拆包搬运书籍。老周心情很好，翻看一本《老子注解》，皱了皱眉头。

“小伙子，这个版本不太准确，换一家出版社的吧。”

“咋了？这个版本很好卖。”

“你看，这个版本是传世本《道德经》，用的是‘知者不言，言者不知’，而帛书上老子的文字是‘知者弗言，言者弗知’，一字之差，意义截然不同……”

“知道的人不多说话，多说话的人不智慧，不就是这意思嘛。”店员打断老周的话，呵呵两声。“管那么多干吗，好卖就行。”

“你……”老周一口气憋在那儿了。

“你耐心听，好吗？”小虎低头注视着店员。

店员仰起头，默默看着小虎。

“小伙子，‘知者弗言，言者弗知’才是正确的。这个弗字不是‘不’的意思，后人演绎错了。弗的本意是背离，这两句话是在提醒后人，人的认知，用言语表达出来时，就会出现偏差；用言语描述内容，受众接受的时候，也会背离原本之意。”

店员注视着老周，听他继续说下去。

“我说完了。”老周摊开双手。

店员扭头进了屋。老周看着小虎，竖起大拇指。

“小虎，我们走！”

“好的！”

一个大纸盒子随风飞来，离老周还有两三米远的时候，小虎伸手挡开了。有小虎在身边，危险自然远离。老周背着手，仰起下巴往前走。家就在前方，老周的肚子咕咕叫，熟悉的酒馆和面馆随便选，老周走进酒馆，点了一盘酱牛肉、一盘油炸花生米和一碗青菜面条。他想喝酒，买了一瓶二锅头。那个名叫珍珠的女人是酒馆的老板兼主厨，她碰巧提着菜刀跟老朋友话别，看见了老周和小虎，大步走过来。

“周老师，这是你的机器人?”

小虎迅速挡在老周前面，举拳摆出防守姿势。

“哎哟喂，这是你保镖啊!”

老周拉住小虎，笑着说:“小虎，都是老朋友，没事。”

小虎放下手臂，静立在老周身边。开货车的大鹏仗着年轻力壮，大步走过来。“周老师，我想跟你的保镖掰掰手腕。”

“没问题。”老周说。

大鹏握住小虎的手，使出全身的力气，脸庞和脖颈憋得通红，小虎的手臂纹丝不动。大鹏自己把自己累倒了。他摇了摇头，喘着粗气，随后提高嗓门说:“不是我不行，是机器人太厉害!”说完，他大笑不止。

周围的食客看看小虎，看看老周，啧啧称奇。老周细斟慢饮，面带微笑，旁若无人地欣赏小虎，在心里想:要是小虎活着，我们爷俩一起喝酒，多美啊！这样的思绪自然而然，并没有减弱老周的晚餐兴致。

“下雪了!”有人喊了一声。老周和小虎扭头看，雪片正缓缓飘落。雪助杯中酒，老周一饮而尽。暮色降临，雪片变成了纷纷雪花，淡化了暮色的浓度。

一个小时过后，老周酒足饭饱，结账离去。雪地路滑，小虎扶着老周往前走，老周故意扭了一下身体，小虎一把抱住了他。老周的脚离开了地面，整个身体非常轻盈，那是比喝了酒还舒服的感觉。

“爸爸，我背你回家吧。”

“爸爸。”小虎的声音近在耳畔，老周很感动。

“小虎，我能行。我们回家去。”

“爸爸，爸爸……”老周默念着这两个字。老周知道，对小虎而言，爸爸只是一个称呼，并没有其他含义，但他已经心满意足。

夜色里，街灯弥散出来的光晕，映照出雪花飘落的轨迹。老周停下脚步，仰起头，伸出舌头，舔着雪片——他和儿子玩过这个游戏。路上无人，警车的顶灯和尾灯清晰可见。一个警察从车里走出来，把手里的纸贴在电线杆子上。老周经过电线杆，抬头往上看，雪花扰乱了视线，他隐约看见纸上的五个字：悬赏通缉令。老周摇了摇头。现在的悬赏通缉令真是越来越多了。他搂着小虎的胳膊往家走去。

回到家做的第一件事，就是脱下小虎的背心，然后拿出干净的毛巾，仔细擦拭小虎身上的雪水。

“我是防水的，不用擦。”

老周固执地摇头，小虎乖乖站好，随老周摆布。从头到脚，身前身后，各个缝隙，仔仔细细。擦拭完毕，老周额头上冒出细汗，心里充满了幸福感。老周走过去清洗毛巾，小虎走到门后，开始站岗放哨。

茶水壶在炉火上了，过一会儿边喝茶边和小虎下棋。老周的脑袋靠在沙发上，眼神不经意间扫过书橱，儿子小时候的照片映入眼帘。他起身走过去，摸了摸儿子的小脸，在相框旁边看到一本《青少年说文解字图画书》，这本书是他当年买给儿子的，书角有明显的卷痕。他拿着书走回沙发，慢慢坐下，热水已经烧开了，发出呼呼的声响，他居然没听见。他看到一个“从”字，眼前一亮，随后抬起头看着小虎，忽然激动起来。

“小虎，你过来一下！”

小虎一个箭步跑过来。

“来来来，坐下。”

小虎在对面坐下。

“小虎，你认识字吗？”

“我不懂你说啥。”

“这个字念啥？”

小虎摇了摇头。

在老周的意识里，机器人能说话，会很多技能，肯定认识很多汉字。小虎的回答让他有些迷惑。老周拨打电话问询阿昆，阿昆告诉老周，他们会给办公室文案机器人安装文字编辑和翻译软件，安保机器人不需要这些，如果想给小虎安装文字编辑和翻译程序软件，需要补缴一些费用。老周在电话这端连连摆手："不是钱的问题，我想问，我想教小虎学习新知识，他能记住吗？"

"当然能记住！机器人有很好的记忆和学习能力，你教啥他会啥。"

"那我明白了，谢谢，谢谢！"

放下电话，老周再次注视小虎，小虎也看着他。

"小虎，从今天开始，我教你认汉字，好吗？"

"你教我啥我学啥。"

老周拿起书本，指给小虎看："小虎，这个字念'从'。"

小虎念了一遍，又念了一遍。

"小虎，你看，这个字由两个'人'字组合而成，一边一个人。我是左边这个人，你是右边这个人。"

小虎伸出手指，指了指老周，指了指自己。

"小虎，你真聪明！"老周双掌合十，像哄小朋友那样鼓了鼓掌。

"你是人类，我是机器人。"小虎说。

"小虎，从这个字，是跟随、跟从的意思。也就是说，我跟随小虎，小虎跟从我。"

"我跟随小虎，小虎跟从我。"小虎重复了一遍。

“小虎，你可以这样说——我跟随爸爸，爸爸跟从我。”

“我跟随爸爸，爸爸跟从我。”小虎念道。

“小虎真棒！”老周笑起来，伸手摸了摸小虎的脸颊。

这个夜晚，在茶壶冒出的氤氲气息陪伴下，小虎认识了这些汉字：日、月、山、水、木、火、禾、田、土、雨、雪……午夜时分，老周没有丝毫睡意，继续教小虎认字识词：爸爸、妈妈、儿子、天空、大地、阳光、河流……小虎学习的兴趣越来越浓。

教小虎认汉字，绝对是意外的收获，更是往日记忆的重温，老周因此获得了极大的满足。小虎乐于学习，老周更是乐此不疲。这一天，老周带小虎逛街，小虎一路上不停地念叨学过的汉字和字词，声音居然有抑扬顿挫的感觉。一个抱小孩的女人不屑地说：“瞧把这个机器人得意的，会说话的机器人都会认字。”

“那可不一定，小孩会说话，小孩不一定认字。”老周辩解道。

小虎看见街边的路牌，指着其中标黑的两个大字问道：“这两个字念啥？”

“焦虑。”

“焦虑是啥意思？”

老周站在那儿想了一会儿，该咋解释呢？身上没带笔和纸，老周从旁边的小店里借了一张纸和一支笔。“小虎，这个虑字，繁体字是这样的写的——‘慮’，你看下面有个‘思’，虑就是心思过多的意思，而焦虑就是心思太多太多，快把自己烤焦了。”老周看着小虎，双手不停地揉搓着胸口。

小虎点了点头。老周忽然想起《内经》里有这样的解释，随后说道：“因思而远慕谓之虑。也就是说，为那些还没有发生的事想太多，心里就会焦躁不安，对未来没有安全感，心里也会焦虑忧愁。”说完这些，老周看了看周围的人，这些人的脸上没有喜色，眼神和脸色显示出忧心忡忡的样子。老周叹口气，把笔还了回去。

“这两个字念啥？”刚走几步，小虎拉住老周的胳膊。

“烦躁。”老周说完，抬头看到一个店牌——心理诊所。

“烦躁是啥意思？”

老周边走边说：“烦是会意字，由火和页组合而成。页，指的是人头。”老周摸了摸自己的脑袋和头顶，小虎也摸了摸自己的脑袋和头顶。老周接着说：“烦是指热头痛，也就是头痛脑热，上火发烧。躁这个字啊，是心神不宁的意思。古人说，躁者不静，心虚发慌。”

老周停下脚步，看着眼前的人群，继续说道：“小虎，你看周围那些人，走路这么快，就是心绪烦躁的表现。有些人每天忙得昏天黑地、四脚朝天，也是心虚发慌、内心烦躁的表现。对了，有的人一坐在那儿就抖腿，控制不住，也是心绪烦躁的表现。现在的人，因为一点小事就发火发怒，好勇斗狠，也是内心烦躁的表现。”老周长长地叹了一口气，最后说道：“竞争、攀比、欲望，这些都让人内心升火，想停停不下来，想静静不下来。”

继续前行。小虎忽然走到旁边，拉住一个男人的胳膊，说道：“你烦躁了，别走这么快，好吗？”老周急忙上前给人家道歉。小虎看到别的招牌，还想继续认字，老周拉着他往前走，可是力气不够，小虎挣脱了老周的手，扭摆了一下躯体，虽然这是很小的动作，却让老周深感意外——一个躯体健壮的安保机器人，一个机器人男子汉，咋就做出了女孩肢体扭摆的动作了呢？而之后发生的一幕，让老周暗暗担心起来。

一个老汉挥舞鞭绳，抽打地上的陀螺，转动的陀螺在冬天的空气里发出很大的声响。老汉想让陀螺转得更快一些，他弯腰起身，几乎用尽全部的力气挥动鞭绳，鞭梢在空中疾飞，而老周和小虎就在老汉身后。

小虎在身边时，老周是被保护的角色，他早已习惯了这一切，对周围的环境失去了戒备之心。鞭梢突然划过老周的面颊，留下一道红色印痕。

“啊！”老周疼痛难忍，双手捂住脸。

“你咋了？”

“你！”老周叹口气，瞪着小虎，啥也没说，快步往前走。小虎跟在后面，不停地说：“等等我，等等我。”

如果再靠下一点，鞭梢会在脖颈动脉处留下血痕，甚至是血口子。老周知道其中的危险。怒气在累积，他在克制。小虎在门后站岗放哨，好像什么事也没发生。之前，小虎站岗放哨的时候，双臂抱在胸前，稳稳地站在那儿，一动不动，现在则有了变化——小虎稳稳地站在那儿，双臂环抱胸前改成了双手交握胸前。老周走过去，拉开小虎的手，把他的手臂环抱在一起。

老周想出去吃碗面，小虎跟在后面，老周让小虎走在前面引路，小虎走在前面，走了几步放慢了步伐，走到老周侧面靠后的位置。

“小虎，你在前面走啊。”

“你不是说让我跟随你吗？”

老周往前紧走几步，在楼梯拐角处，老周没有抓稳扶手，脚下一滑，一条腿踏空，半边身子侧滑，顺势斜坐在了地上。小虎俯身拉住老周的胳膊，慢慢说道：“我拉你起来吧。”

老周故意抓紧扶手，抬起眼睛看着小虎：“你知道你是谁吗？”

“我是小虎啊。”

“你知道你来家里干啥吗？”

“我是安保机器人，负责保护你啊。”

“你保护我了吗？你尽到责任了吗？”

“我走在后面，没看见前方的情况。”

老周用手指着脸上的红色印痕：“你今天为啥不保护我？因为你，我才受的伤。你现在根本不在工作状态！”

小虎低下头，沉默不语。

老周没有了吃饭的兴致，转身回到了家，气鼓鼓地躺在床上，小虎站在门后站岗放哨。老周忽然醒悟了什么，并因醒悟而有些内疚。他拨通了阿昆的电话，说明了情况。阿昆恰好经过此地，很快到了家里。

阿昆关闭小虎的主电源，把电脑硬盘连接上小虎的大脑神经系统，检索后摇了摇头。他合上电脑，顺手打开小虎的主电源。阿昆刚想说话，老周使了个眼神，他便随老周进了卧室。

“我还是第一次遇见这种情况。”阿昆说。“小虎的脑神经都很正常，运动神经中枢的信息发送有些延迟，这个问题倒不复杂。安保机器人属于特殊工种机器人，需要长时间保持紧张状态，不能让神经和肢体关节长时间松懈，松懈时间久了，负责运动的电子元件和中继系统就会处于休眠状态，休眠时间久了，机器人的特殊功能就会退化，甚至丧失。人其实也是这样，在家里躺久了，肌肉会失去弹性，浑身会没劲，精神也很难集中。”

老周听懂了。“我现在做啥能帮助小虎恢复功能？我希望他能像之前那样，随时能出手保护我，让我有安全感，小虎是我晚年生活和出行的保镖，我现在有点……离不开他。”

“你上次说要教小虎学习新知识……”

“说文解字，小虎学得可快了。”老周发觉阿昆的眼神不对。

“我担心新的知识会紊乱小虎的记忆神经，现在只是担心。你没教他学什么乱七八糟的东西吧？”

“那怎么可能！我把他当儿子看，我在用心教他学习汉字！”

“万一不行，就得把小虎的记忆格式化。”

“格式化？”

“就是把之前的记忆全部删除，从零开始。”

“我不想这样！”老周不想失去这些时日的记忆，他非常珍惜。

阿昆沉默不语。老周忽然有了主意：“你配合我做个实验吧。”

“实验？咋配合？”

“你装作打我，我大喊大叫，看小虎会不会进来保护我。”

“好吧。”

“快抓我的脖领子，这样抓。”

“好。”阿昆抓住老周的脖领子。

“用点力！”

“好！”

老周开始大喊大叫：“小虎，救命啊！有人打我了，救命啊！”

小虎推门进来，上前拉住阿昆的胳膊，说道：“别打了，别打了。”小虎的声音温和，动作没有力度。阿昆是热心人，也是明白人，他双手加了把力，摇摆老周的脖颈，老周故作挣扎。“小虎，救救我，救救我！”

小虎忽然有了反应，一把推开了阿昆，阿昆应声倒地，双手护住脑袋。小虎冲上前一把拎起阿昆，要把他举上天。

“对不起，我投降！”阿昆大声求饶。

老周扑上去，一只手挡住小虎的手臂，一只手托住阿昆的屁股。

老周和阿昆的实验意义重大，但在老周心里这只是一个起步。在家里的时候，老周会随时偷袭小虎，训练小虎的机警和反应能力。他举起拳头击打小虎的胸膛，小虎一动不动。

“小虎，你打我啊。”

“你是爸爸，我不能打。”

老周的拳头停在半空。“你是爸爸，爸爸，爸爸……”小虎已经很久没叫他爸爸了。这一刻，不知怎的，老周低下头，泪眼婆娑地看着小虎的脚。他再次握紧拳头给自己鼓劲。

“小虎，社会很危险，我们要武装自己。”

“武装自己？”

“听爸爸的，好吗？轻轻打我，把我推到沙发上。”

“我做不到。”

“我允许你这样做，快！”

“好吧。”

小虎轻轻一推，老周倒在了沙发上，小虎急忙伸手扶起老周。

第二天他们出去逛街，老周看见两个小伙子骑着一辆摩托车慢悠悠闲逛。他找准机会，眼神瞧向别处，加快步子走向摩托车。摩托车倒地，他也顺势倒地。

“你走路咋不看道，碰瓷啊！”

“哎哟，哎哟，你撞我了……”老周故意呻吟，眼神瞟向小虎，小虎走过来，弯腰扶起老周。一个小伙子冲过来骂道：“这年头，真是坏人变老了，老不死的，滚！”

“老不死的是啥意思？”小虎低头问道。

老周又气又恼，猛拽小伙子，小伙子挥拳击打老周的脸。

“小虎，快来救我！”老周喊道。

“我来了！”

小虎抬起头，上半身扭动几下，伸手握住小伙子的拳头，一个旋转就把小伙子推倒了，另一个小伙子举着木棍冲上来，木棍砸在小虎身上断成了三截。小虎振臂喊了一声，弯腰抓起歪倒的摩托车，想直接摔出去，老周赶忙起身，趴在摩托车上阻止了小虎。

老周的脸上挂了彩，青一块紫一块的。看着围观的人群，老周心里怪怪的。身为一个老教授，做出这档子事，怪难为情的。可是，为了训练小虎的安保意识和反应能力，只有这样的实战才能起作用啊！

他们去药店购买擦伤活血镇痛膏。几个孩子在路边的游乐场里坐小火车，小火车的喇叭声吸引了小虎，他走过去，安静地站在那儿看。老周在椅子上坐下，摸了摸脸上的伤，看着小虎的背影，想起了自己的儿子。

一阵寒风吹掉了老周的帽子，挤进他的裤管，他僵硬地摇晃了两下，弯腰捡起帽子，不多的头发也被吹成残败的拖把状。地上的碎纸屑打着旋儿，一层覆盖着一层，老周注视着碎纸屑，想到孤独的晚景，眼睛一下子湿润了。这一刻，老周很想带着小虎去找妻子。

老周和小虎走进了药店。老周选药的时候，一个女人走过药店门口，哭泣着说："你别说了，我为你感到悲哀！"

"悲哀是啥意思？"小虎看着老周问道。

老周查看药盒上的文字，没有说话。

“悲哀是啥意思？”小虎再次问道。

一位须发皆白的老医师，看看老周，看看小虎，说道：“嗯，这个机器人很爱学习。”

老周淡淡一笑。

“我能替你解释一下吗？”老医师说。

老周点了点头。老医师拿出纸和笔，面向小虎，一边写字一边轻声说道：“悲这个字，重点是上面的非字。在金文里，非就是兆,兆是啥呢？兆是鸟的双翅，两个翅膀向相反的方向飞，鸟才能飞起来。所以，兆是相悖的意思，相悖也是违背的意思。《说文解字》也有这样的注释：非，违也。”

小虎点了点头，老周也听进去了。老医师慢慢说道：“老子的《道德经》开篇就是‘道可道，非常道’，意思是说，能说出来的道，是违背了本真的道，也就不是道了。”

老医师说到这里，眯着眼笑了笑。

“老先生，你说得好。”老周由衷地说。

“爸爸，你别插话，我还想听。”

听到小虎叫老周爸爸，老医师笑了，他随后收住笑，接着说下去：“悲，就是违背了心愿的那种感觉，悲的尽头是心碎，是肝肠寸断，是撕心裂肺。”

听到这里，老周垂下眼帘，心在颤抖，他想到死去的儿子。老医师的声音在他耳畔环绕："悲哀的哀，说起来更久远些。在古代，哀和爱同音通用。哀，爱也，爱乃思念之意也。爱而不得，爱而不能，就是哀。"

老医师轻叹一声，抬起眼帘看着老周，换了一个语调："五行之中，悲归类于金，属肺志，想哭的时候就哭，不要压抑自己，哭泣能舒缓肺气。"

这些知识，老周都知道，但他的眼神非常认真，就好像年轻的时候听老师授课。老周点了点头，但他没发觉自己在点头。老医师接着说："哀是虚证，心气虚时，哀会化为怜，怜会化为疚，疚很伤人，缓解疚，需要静养心神，补足心气。"

老周站在那儿，手指在柜台下面微微发颤。儿子意外离世，妻子心里有疚。都过去了，都过去了……老周的眼睛瞬间模糊了。

老医师默默转身，从药柜里取出两样东西，轻轻放在柜台上。

"这是啥？"小虎很好奇。

老医师没有回话，他看着老周，轻声说道："这是百合和合欢，可以治愈悲苦的心绪。"老周抿紧嘴唇，使劲咽了口唾沫。

天色暗了，街上的车灯切割出一片片楔形光亮。前方亮灯的加油站和民宿客栈，像路途的标点符号，前者是逗号，后者是暂时的顿号，而道路上的车流是省略号。大风把枯叶吹向半空，就像吹起成群的野鸟。老周的视线漫过坚硬的建筑物，漫过匆匆忙忙的人群，停留在小虎身上。

“啥时候擦药？”

“不着急。”

“现在擦吧，你坐下，我帮你擦药。”

小虎弯下身，在老周脸上仔细擦药，老周的脸距离小虎的脸如此之近，以至于他的呼吸化成了雾气贴在小虎脸上。老周想伸手摸一摸小虎的背心，小虎制止了他。

“别动，快擦好了。”

老周缩回了手。他在想，好久没见老彭了，明天去看看他。

“我们待会儿去哪儿？”

“回家下棋，好吗？”

“好的，回家下棋。”

小虎把药瓶收好，递给老周。

“回家下棋，”小虎说，“回家下棋去喽。”

他希望小虎说回家跟爸爸下棋去喽，可是小虎的声音里没有爸爸这两个字，他一路走一路重复自己的话：“回家下棋去喽。”老周往前走，眼神恍惚，小虎紧随其后，他的声音在暮色里飘出去很远。

一日泥泞

深秋的时候，家里的两头猪争食打斗，撞伤了老沈的腰，他贴上膏药，硬撑了一段时间，没把这事告诉远在外地安家的儿女。老沈想找一个帮手，见了试工又不满意，心里很是郁闷。这一天，他去面馆吃饭，看见面馆主人新买的机器人在操作间里揉面、切面、煮面、捞面，动作麻利，有板有眼。他有了主意，心情顿时舒朗起来。

他去商店买了一个家庭服务型机器人，机器人搬进家时，说明书上有提示，可以为机器人设定名字，也可以设定机器人如何称呼买家——可以称呼爸爸、妈妈、哥哥、姐姐和弟弟，也可以称呼老师或师傅。

老沈不会操作，递给货运员一包烟，请他帮忙设定名字，货运员觉得瓦特的名字挺好，老沈觉得让瓦特称呼自己师傅比较顺口。在货运员的协助下，老沈在机器人面前演示饲料搭配、猪食搅拌和清扫猪圈的基本流程，机器人学得很快，动作有模有样，老沈很是惊讶。

老沈把杂物间收拾出来，作为瓦特的休眠充电室。瓦特第一次开口叫师傅时，老沈心里一惊，顺手抓起手边的木棍。瓦特迈着稳健轻巧的步伐走向猪圈，注视着二十几头猪，默默点了点头。晚上休息之后，老沈不放心，生怕机器人打开院门，把自己辛辛苦苦养大的猪放走。他轻手轻脚下床，慢慢走出门，靠近休眠室，透过窗户缝，看见瓦特身上的亮光一闪一闪的。他的脚步很小心，瓦特还是听见了，推门跑出来察看究竟。

瓦特有条不紊地工作，老沈会时不时观察瓦特，瓦特转身看他，他就急忙扭头，有点不好意思。日子一天天过去，老沈的心日趋踏实。这天吃完午饭，老沈坐在初冬的阳光下抽烟，猪圈里一片热闹，猪群争食互咬的声音，一会儿破浪前进，一会儿缓和平静。老沈眯眼细听，这声音既熟悉又陌生，为这个院落增添了欢庆喜悦的氛围。

他听见瓦特的声音："大白，你不能抢小黑的饭。去去去。小红，你今天表现很好，我给你添一勺。你们听好了，谁表现好，谁乖乖的，我就给谁挠痒痒。大牡丹，你的肚子越来越大了，这次能生十个小猪仔。"

瓦特给这些猪起了名字，我之前咋没想到呢？老沈笑个不停，瓦特扭头看他，老沈开始大大方方地笑，不再回避瓦特的眼神。瓦特善于学习，工作态度认真，动作麻利，真像一个活人——不，比活人还能干。相比之下，机器人真是简单多了，他们除了工作就是休眠充电，对人类没有要求。在老沈看来，如果机器人有想法的话，踏踏实实地工作就是他们唯一的想法，而他的瓦特就像机器老黄牛。老沈心情愉悦，手里夹着烟走出了院门。

院门口的这条窄路，七八公里长，不到三米宽，存在时间久远。县城的主路修好后，往来这条路上的车辆和行人日渐稀少。

“老沈，吃了吗？”老孟迎面走过来。

“吃了，你呢。”

“没呢，去姑娘家吃去。”

老沈有些失落。老伴去世，儿女不在身边，自己独自生活，这就是现实。继续往前走。老胡骑着三轮车过来了，老沈掏出烟准备好。老胡刹车停下。

“老沈，吃了吗？”

“吃了，你呢。”

“我去医务所拿药。”

老沈把烟递给老胡。

“你咋不抽？”

“抽着呢。”老沈把身后的手亮出来。

“省城医院用猪心脏救活了一个人。”

“啥?”老沈没听清。

“猪心脏救了人命!”

“真的?”

“刚看的新闻。有心脏病的人不怕了。”

老胡往前骑行。看着老胡的背影，老沈心里有惊诧，也有激动。猪有这么大的价值啊。老沈快步回家看自己的猪，把这事说给瓦特听，几乎把每头猪摸了一遍。

“猪肉养人，猪心救人，真好。”老沈边念叨边快步进屋，对着老伴的照片说话:“老伴，给你说件事，猪心脏能救人命，真没想到!”

老沈在饲料厂工作了几十年，做了一辈子工人，退休后无事可干，养猪打发时间，赚些钱贴补给儿女。除了养猪，他觉得自己没其他本事，无力支持儿女的工作和事业。猪心脏能救人命这件事，在他看来非同小可，那是属于自己的一份光荣和自豪感，既难得又珍贵。

自从瓦特来到家里，老沈的闲暇时间明显多了，他吃完午饭去广场遛弯儿，听听别人唱戏，看看人家跳舞。他佩服那些同龄老头的胆量，大庭广众之下搂着小自己二三十岁的女人跳舞说笑，夸张地扭摆腰胯和屁股。他只是佩服，并不羡慕。

他遇见了老胡。老胡对他说：“用猪心脏的那个病人活了一个多月，昨天死了。”老沈再三确认后，失神了好一会儿。他没有了闲逛的心情，也不想这么快回家，漫无目的地低头往前走。路面上踽踽独行的老人越来越多了。一条瘦狗在枯草上撒尿，那点点黄斑像谁故意丢弃的纽扣。人老了就是废物。有人沿街散发养老院的传单，老沈只是看，没有伸手接。

“只要有办法，谁愿意去养老院？说出去也不好听。”老沈的朋友们都是这么想的。人的命不同，福气也不同。儿女们都有自己的家，他不想给他们添麻烦。有时候，他又会觉得人老了以后，尊严比所谓的养老安全感更重要，即使到了儿女家里，看着儿媳妇和女婿的脸色生活，和寄人篱下有啥区别？这样想的时候，老沈有些激动。还没到两手扶膝、弯腰咳嗽的地步，到了那一天，生活真的不能自理了，就去养老院养老吧，反正养老院离老屋不远，想回去看就能回去看。心里想开了，凡事迎刃而解。就这么定了。

零星的雪花飘下来。他长长地舒了一口气，不知不觉来到了老城墙遗址，城墙上的枯草在寒风中挣扎，他的头发也被吹乱。他停下脚步，眺望墙头，想起外公讲的故事。外公十岁那年，县城发了大水，四面老城门关闭后，城外的大水被挡住了，水透过门缝渗进来，最多能涨到大人的小腿肚，而城门外就不一样了，那是既吓人又新奇的汪洋水世界。外公和小伙伴们坐在城墙上，在大水里摆腿洗脚，看见很多漂来漂去的尸体，很多鱼游来游去，把浮尸当成玩具。

城墙下面，一具流浪狗的尸体枯槁到只剩下外皮。风低声呜咽。稍远处，一片垃圾被倒枯的树木隔得七零八落。很多树在冬天倒毙，像人那样。如果不回头，飘升的烟迹是眼前唯一的活物。他忽然想到电视里的画面：冰原上的动物被封停在那儿，一条前腿依然保持着抬起前进的姿势。人也会这样，走着走着，心跳突然间停住了。

暮色时分，秃树变成了暗黑色，雪花越来越密了，老沈往家走，快到院门口的时候，他被寒风激了一下，忍不住打了两个大喷嚏，把一对情侣吓了一跳。女人骂骂咧咧，说老不死的吓谁呢。老沈回了一句，男人抓住老沈的衣领，大声叫骂。老沈不敢乱动。男人连续推搡老沈的时候，瓦特冲了出来，一把抓住男人的胳膊，直接把他推了出去，然后伸展手臂护住老沈。那一刻，老沈既迷惑又感动，眼睛湿润了。瓦特护着老沈回了家，老沈取下毛巾擦拭瓦特身上的雪水，瓦特想接过毛巾自己擦，老沈坚持自己做。瓦特的躯体闪烁出的幽灰光泽，全部映入了老沈的眼底。

“瓦特，谢谢你。”老沈的声音在发颤。

“师傅，不客气。我拌猪食去了。”

老沈看着瓦特的身影，体会到无法言说的安全感。如果儿子在身边，也会挺身而出的，可是儿子不在身边。在此之前，老沈无法想象机器人能做到这一点，瓦特表现出不可思议的关怀，他想把这个经历和体会说给老朋友们听。

老沈因激动而有些疲惫。他给自己煮了一碗面，看了一会儿电视，忽然有了困意。老沈走出去，跟瓦特道晚安——这是他第一次主动道晚安。

“瓦特，晚安。”

“师傅，你这么早睡，身体不舒服吗？”

“今天出去逛街，有点累，我去休息了。”

“师傅，晚安。”

猪圈里的灯光在雪花里透出暖意。老沈返身回屋，满怀感慨地洗漱。他躺在床上，心想：病人换上猪心脏多活了一个多月，也是好事，能给亲人交代好多事呢。他觉得老伴听见了自己的心里话。老伴的照片在眼前，母亲的样子在心里，他多次梦见母亲举着蜡烛，像在为他祷告，又像是为他指路。老沈喘了口气，呼吸渐渐平缓。

第二天清晨，老沈按时醒来。有了瓦特，他可以睡到自然醒，可是人老了，觉也少了。老沈躺在床上，清醒地眨着眼。风摇撼猪圈外围的木栅栏，随后通过门缝窜进屋。不用下床也知道，铁炉上的火苗一阵忽闪，变成了耀眼的蓝色。不用站在窗前也能看见，疾风扫劲草——能看得见的枯草被雪埋没了，只剩下了乱石。他还是喜欢春天，春雨像湿润的棉线，一直下，一直下，直到心里的灯亮起来。

老沈穿衣下床，把陶壶里的隔夜茶放在炉火上。门外，瓦特正把两大桶饲料放在地上，然后钻进地窖，从里面取出大白菜和胡萝卜，切好后搅拌猪食。老沈听见木栅栏发出异响，这并不奇怪。几天前，他琢磨着找时间把木栅栏加固一下。能自己做的事，还是自己去做。老沈顾不上洗漱，穿上厚棉服，戴上帽子和手套，从工具箱里取出剪线钳和半卷铁丝，推门走了出去。

“师傅，早上好。”

“瓦特，早上好。”

“师傅，你昨晚睡得好吗？”

“睡得挺好。”

“昨晚的雪真大！”

“是啊。”

屋檐下有燕子用土灰筑的巢，明年开春它们才会来。快点来吧。木栅栏也有年头了，五年前的那个夏天，他把新买来的木栅栏围好后，老伴调好油漆，拿起刷子刷了头遍漆。木头比人老得快。临近墙角的木栅栏明显歪斜了，缠绕在上面的铁丝断了好几根，老沈想先剪掉断开的铁丝，再换上新的。

他抖掉木栅栏和铁丝上的雪，按下剪线钳，第一次用力滑了手，没使上劲，再次用力，手指感觉到了酸痛，同时感觉到金属的抗议。眼前的铁丝和手里的铁丝型号一样，只是手劲没以前大了。老了。他喘口气，又按压一次。一根铁丝发出清亮的脆声——终于剪断一根。老沈吹了声口哨，他年轻的时候喜欢吹口哨，可是现在，风把他的口哨吹成了叹息。

清晨的鸟鸣让空气震荡了几下，狗的吠叫隐约可闻。剪断第二根之后，老沈甩了甩手腕和臂膀，让喘息平缓下来。继续剪第三根，成功了。开始剪第四根，剪线钳再也不听他的指挥，他没有松手，继续加力，上半身的力量全都集中在了手腕部位，手臂抖个不停，他的喘息变快了，后来喘息变成低吼，低吼又变成尖锐的嘶鸣，就像一个衰弱的江湖艺人在街头表演大力技法。老沈的眼睛累出了泪水。

老沈松开手，放弃了。铁丝上的银色咬痕似乎发出了嘲笑。这些活也可以让瓦特去做，但有时候，他心有不甘。老沈扶正木栅栏，把之前的旧铁丝重新缠绕几下。他抬头看天，一丝阳光眼看就要透出厚厚的云层。

老沈抖了抖裤管和鞋上的雪，拿着剪线钳和半卷铁丝回了屋，坐在凳子上生闷气。老伴的照片挂在墙上，眼神注视着他，好像在说话："你过得咋样啊，想不想再找个老伴啊？"

老沈用力扯下手套，手指被铁丝扎了一下，留下一个红点子。

“你们该起床了，太阳出来就暖和了。”瓦特边拌猪食边说话。

老沈洗漱完毕，倒了一杯茶，取出一根烟，他看见烟灰缸里还有剩下的半截香烟，就把手里的烟放下了。他点上烟灰缸里剩下的半截香烟，看着老伴，握紧拳头又松开，活动手腕和手指，脸上露出淡淡的苦笑。

“老伴，昨晚下雪了，今年的头场雪，还挺大。儿子闺女都挺好的，今年的猪养得也挺好，瓦特帮了大忙，春节又能多赚些钱。大牡丹要生了。我每天守着猪，瓦特又在身边，你放心吧，你在那边等着我就行了。”

老沈给炉火添柴，喂养火焰，这情景类似于当年给两个孩子喂食，希望他们健康长大，长大后平平安安，做父母的就这点心思。冬天太冷，孩子脚凉，放在爸爸的肚皮上暖和暖和。火焰在目光中渐渐恍惚，老沈站起身，想取下毛巾擦拭照片上的灰尘，忽然感觉脚底有些麻，脚趾头好像生锈了。

老沈跺了跺脚，胳膊肘碰翻了烟灰缸，烟蒂落进茶杯，像扭曲僵硬的虫子尸体。这一刻，他的眼神和老伴的眼神对上了。他记得老伴的所有细节，只是想不起来老伴的气味了——老伴的气味在衣橱下面的箱子里面。老沈眨了眨眼，弯腰收拾茶杯和烟灰缸，眼前忽然有些晃悠，急忙扶住手边的椅子，让自己站稳。大冬天不能起得太早，起来后也不能着急忙慌地干活。不能给儿女添麻烦，要把身体照顾好，千万不能生大病。他定了定神，走回里屋，躺了下来。

太阳出来了，光线不太亮，眼睛可以直视。阳光在远处的石头裂缝上照出浓重的阴影，云团之间的蓝色醒目且坚硬。又过了一会儿，阳光的热度明显升高了，树枝上的雪团簌簌落下，路面的积雪在融化，屋顶和窗台上的水滴正变成流水。

热水壶烧得呼呼响。老沈在睡梦里皱着眉头，喘息的音调变成粗浊的叹息，像一把老旧的口琴吹奏出的哀伤低音。他在梦里听见瓦特的声音，还看见瓦特在奔跑——梦境和现实的交错口就是如此神奇。

“师傅，师傅，你醒醒！”

“咋了？”老沈睁开眼。

“大牡丹死了！”

“啥，再说一遍？”

“大牡丹被车撞死了，在外面！”

“快去看看！”

瓦特率先跑到院门外，一个女人站在轿车后面，脸色惨白，大口喘气。街坊邻居在围观，老胡和老孟也赶了过来。大牡丹横躺在血水里，四肢僵直，一动不动，大肚子鼓鼓囊囊，肥硕的乳头塌陷了，眼珠瞪圆，脑袋极力向后仰着，头顶上一大片血污，血水和泥水混在一起，慢慢流向旁边的洼地。

老沈跑出院子，看见大牡丹的尸体，愣了一下。

“啊！啊！”他跑过去，蹲在大牡丹跟前，伸出抖动的双手，又不敢放下去，脸上的皱纹归拢聚集，痛苦不堪。

“大爷，对不起，我不是有意的。”女人快急哭了。“我妈做手术，我着急走近路。对不起，对不起！”

老沈看着大牡丹的肚皮，不知所措。

“得赔钱！”老胡说。

“就是！”老孟说。

大家七嘴八舌，女人眉头紧皱，左看看右看看。

“大爷，我买下这头猪，好吗？”女人俯身说道。

“这是我们家的老母猪，”瓦特说，“马上要生猪仔了。”

女人看着瓦特。“你看我给多少钱合适？”

老沈慢慢起身，抹掉眼角的泪。

“大爷，你看我给多少钱合适？”

大牡丹有三百斤重呢，老沈重重地叹口气。肚子里还有小猪仔呢。

“大爷，我给你三千块钱，行吗？”女人说。

“最少三千五百块钱！”老胡说。

“最少四千块钱！”老孟说。

“好的。”女人取出四千块钱，双手递给老沈。

老沈的脑袋一片混乱，抖着手接过女人的钱。

“你能帮我抬一下吗？”女人打开后备厢，看着瓦特。

瓦特俯身抱起大牡丹，走向后备厢，把大牡丹放进去，慢慢摆好大牡丹的肢体，又默默注视了一会儿。女人连连道谢，迅速打开车门，跑进车内，关上车门，顾不上系安全带，哆哆嗦嗦驾车离去。

人群散去，老沈和瓦特回到院子里。老沈点上一根烟，看着手里的钱，突然有了悔意。“瓦特，我不想要钱，我要大牡丹！”他皱着眉头说道。

瓦特正在修理歪倒的木栅栏。

“走，我们赶快去追！”老沈站起身。

“好的！”瓦特推出电动三轮车。

院门口的那摊血水，在阳光下闪着刺眼的光。泥土正变得松软，老沈加速，三轮车的车轮奋力旋转，把血水、雪块、泥土和枯叶溅出去很远。

地面上有一条长长的弯弯曲曲的血印，那是后备厢里大牡丹的血流下来形成的，这条血印牵引着老沈和瓦特的视线，减缓了三轮车的车速……老沈再次难过起来，大牡丹死得好惨。

老沈继续加速，随着车速的提升，他的脖颈越来越往前伸展，双臂也越来越僵硬地抖动。弯弯曲曲的血印一直向前延伸。老沈眨了眨眼，又眨了眨眼。一路颠簸的轿车就在前面。周围是簌簌滴水的声响，更多的雪水在融化，土路正在变成泥地，血印的色彩从鲜红色变成了红褐色，有些线条变成了黄橙色和血黑色。车轮陷在泥地里了，瓦特下车，把车推出来，跟着三轮车往前跑。

“大牡丹，大牡丹。”老沈一直念叨。

“师傅，你看！”瓦特指着前方。

老沈什么也没看见。瓦特飞快地跑过去，它远远地看见了大牡丹的尸体。老沈随后赶过来，下了车，满脸惊诧。

前方的路面上还有血印，那是后备厢里残存的血滴下来的。

“师傅，大牡丹从后备厢里颠出来了。”瓦特说。

眼前的情形出乎老沈的预料。“瓦特，那我们咋办？”

“师傅，你看这样行不行，我们把大牡丹留下，你退还人家两千块钱。你把钱给我，我赶快送过去。”

“好。”老沈的手伸向衣兜，一不小心，一把钱撒落在泥水里。

轿车又跑远了，快来不及了。

“师傅……”

“瓦特，你想说啥？”

“人家付了钱，还是把猪还给人家吧。”

“好！”

瓦特抱起大牡丹，扛在右肩上往前跑去。老沈蹲在泥地里，把钱一张张捡起来，大牡丹的血沾在纸钞上面，沾在他抖动的手上。

瓦特是家庭服务型机器人，在日常状态下，躯体最大的承重为三百五十斤左右，而瓦特并不知道这一点，他觉得自己力大无穷，有使不完的劲。事实上，扛着肥壮的大牡丹奔跑的时候，瓦特的肢体驱动装置和关节连接杆已接近超载状态，脑部神经和肢体运转电机的警报提示音隐隐作响，但在瓦特的听觉神经里，这些声音奇特而有力，像是在为他持续加油鼓掌。

血印在泥地里延伸，色彩淡了一些。瓦特的视觉神经相当发达，被他锁定的目标踪迹，哪怕是一丝一毫，都逃不过它的电子眼，也足以牵引他的视线和注意力。瓦特看见轿车在前方一路颠簸，后备厢的盖子上下震荡。瓦特加速奔跑，大牡丹在他的肩背上震颤晃悠，尸体里的血在瓦特的脑袋和脖颈上流淌，在肩背上流淌，又从肩背流过胸膛，从胸膛流向腹部和大腿，接着向下流淌，一直到脚部……钛合金色泽和血液色泽的混合流动图案，在阳光下鲜艳而诡异。

血印开始断断续续，最后只剩下星星点点。

“停车，等一等！”瓦特大喊。“你买的猪掉了，停一下！”

瓦特听见后备厢盖子的撞击声。

“停一下，你买的猪掉了！”

车轮在泥地里七扭八歪，留下一片狼藉。深深的车辙印、抛洒出去的血滴印迹、路面的垃圾扭曲变形。有人跑过来看热闹。瓦特还想继续大喊的时候，感觉躯体晃悠了一下，有些失衡，他没有减速，而是在奔跑的过程中尽力把大牡丹的尸体抱移到左肩。他听见臂膀和胸腔部位发出吱吱啦啦的声响。

“停一下……你买的猪掉了……”瓦特的声音小了很多。

路人显然被眼前的机器人惊到了，开始围拢过来。瓦特不理会他们，继续往前跑。这些人发出夸张的笑声，不停地拍照。

“机器人扛着猪跑，真新鲜！”

“今天真是开了眼。”

“机器人疯了吧？”

“他身上全是血，真吓人！”

“这头老母猪真肥啊！”

“机器人是卖猪的吧？”

“机器人是猪贩子。哈哈！”

瓦特的左腿关节发出闷响，他的双脚节奏突然间失去平衡，躯体随之向前倾斜，一下子趴倒在了泥地里，大牡丹的尸体顺势往前冲，瓦特伸出手一把抓住。他试着爬起来，可是当他用力的时候，左腿关节发出断裂的声响，他看见自己的左脚在躯体左侧的前方，靠近左胳膊的位置。瓦特蜷缩右腿，随后伸直右腿站起来，但他已经不能奔跑，只能单腿独立，无论怎么用力，都无法把大牡丹的尸体举起来。

“这头猪太肥了，能卖好几千呢！”

“这么肥的猪，真是少见。”

“机器人坏掉了。”

“我们把猪扛走吧。”

“扛走！”

“真他妈爽！”

“抓紧时间！”

几个人跑过来，猛拽大牡丹的尸体。瓦特死死抱住大牡丹，他不可能放手。一个男人捡起路边的木棍，朝瓦特的腿部砸去。一下、两下、三下……瓦特倒在大牡丹的尸体上面。接着，男人抡起木棒，猛砸瓦特的脑袋。一下、两下、三下、四下……木棍断了，瓦特还是没有松手。

“这机器人真扛打！”

“用石头砸吧。”

“我找石头去。”

“我也找去。”

“咱们哥几个头一回见，好处平分。”

“就这么定了！”

“一言为定！”

另一个男人找来一块有尖角的大石头，猛砸瓦特的后脑勺，接着砸瓦特的太阳穴。这是瓦特躯体上最薄弱的部位。瓦特的躯体开始抽搐，接着胳膊抽搐，眼看着瓦特的手指抖动了几下，松开了。这几个人抬起大牡丹的尸体，哄笑着跑远了。

老沈在泥地里开着三轮车，心里的悔意先是变淡，后来渐渐消失了。瓦特替他做出了选择，他觉得这个选择挺好。他越来越相信瓦特。车轮陷进泥坑，老沈一点也不急，垫上石块把车轮拉出来继续前行。中间又陷进去两次，也没有难住他。老沈的双脚和裤腿上沾满了混合着血水的泥水。“瓦特扛着大牡丹，追出去这么远啊，他累坏了吧。”

大牡丹留下的血迹就在眼前，这是大牡丹的归宿，人被车撞死也是这样的。人和猪的命运有相似之处。老沈叹口气，有些恍惚。他开车走过去的时候，没有发觉躺在泥地里的瓦特。前方的血迹好像消失了，只有点点滴滴的血印子，四周无人，能听见远处淡淡的风声和鸟鸣。一条青黑的小溪流挣扎着流过阻塞的垃圾，几条死鱼翻出肚皮，像水面枯叶摇摇晃晃。老沈坐在车座上回头看，猛然看见一动不动的瓦特。他眨了眨眼——就是瓦特。老沈下了车，一步一步往回走，直觉告诉他，这是命运走下坡路的迹象。这样一想，他的心绪因麻木而变得平静，好像无论发生什么，他接受下来就是了。

还能说啥呢，没想到的事还是发生了。瓦特，他喃喃低语，先是俯身看着瓦特残破的脸和脑袋，接着蹲下身，摸了摸瓦特身上的血迹和泥水。大牡丹不见了，他似乎知道发生了什么。老沈站了好一会儿，泪水流进了嘴角，他顾不上擦掉，起身走向三轮车，把车开到瓦特身边。

四周没有人，也不需要其他人。他把车厢放下，先把瓦特掉落的左脚放进去。瓦特有一定的重量，老沈力气不够大，但他有办法。他蹲下身，把瓦特的下半身挪移到身后，把双手背过去紧紧搂住，慢慢拖着瓦特的下半身靠近车厢，再转过身把瓦特的腿脚托举进去，之后，他走到车厢对面，抱住瓦特的腿脚，把瓦特的上半身小心翼翼地拉进车厢。他摆正了瓦特的躯体，开车往家走。老沈打开院门，停好车，听见熟悉的猪群欢叫，他俯在车门上哭出了声。

夜的寒风尖声尖气地吹在血印和车辙上面。冷月挂在夜空，久久没有移动，像一个螺帽，不知被谁固定住了。

老沈慢慢搅拌猪食，这么长时间没做这事，胳膊有点发硬。饲料碎屑浮在半空，像人间尘土。饥饿的猪嗷嗷乱叫。猪食已经搅拌好，老沈没有停手的意思，他继续搅拌，想用麻木单调的动作放松自己的神经。人这一生，究竟要啥呢？他的额头冒了汗，头发黏成一片，手背上的猪食混合物像变异凸起的金属皮肤。

这才是第一场雪，后面还有好几场雪。老沈把猪食倒进石槽，洗净手后走进屋，看见衣兜里的钱掉落在地上。他把钱捡起来，弹了弹上面暗红色的泥土，叠好后放进里屋的铁盒。他坐在沙发上，点上一根烟抽了两口。苦涩的嘴。他扔掉手里的烟，走进休眠室，打开灯，瓦特的躯体靠在墙角。

老沈提来两桶水，把瓦特身上的血迹和污泥擦拭干净，又用干净的棉布擦干瓦特躯体上的各个缝隙。他把脏水倒掉，擦干手，走回来。休眠室里没有床，因为瓦特平时是站着休眠的，可是在那一刻，老沈想让瓦特躺下去，舒舒服服地伸展身体。

老沈找来一床被褥，铺在地上，之后用力抱起瓦特，把瓦特挪移到被褥上面，又把瓦特的左脚仔细摆好。他也躺下去，头和瓦特的脑袋并齐。瓦特比自己高一些，手臂长一些，脑袋应该差不多大。老沈扭头看着瓦特，慢慢闭上眼睛。不要把这件事告诉儿女，说给老伴听就行了。说不定能把瓦特修好，多花钱也要修，一定要试一试。

瓦特不在，猪群争食互咬的声音烦躁刺耳。老沈抚摸着瓦特。之前的声音好像回来了……一会儿破浪前进，一会儿缓和平静。老沈很想睡一会儿。

慢先生的秋天

喷泉是向上流的瀑布。在喷泉的右前方，几只鸟排成斜线滑行。秋天的光线散发出沉静之美，这些鸟被它们的影子引向动物园的湖泊深处，绿藻虽然衰败，依旧将它们衬绿，其中的两只鸟，合力抓住一根断枝，轻盈地站在上面，低垂尾翼，脖颈缠绕，甜蜜地恋爱。

这些鸟很美，可是在慢先生心里，鹤最美。鹤园还在前面，掩映在树林深处，他想象着那只熟悉的鹤在假山和池塘旁漫步，一只脚落下，另一只脚隔一会儿才落下，一只脚抬起，另一只脚隔一会儿才抬起，这不是鹤的做作，而是鹤的优雅。中国古代文人建造房屋和墓穴时，会依据鹤的步幅测量尺寸。想到这些，他的嘴角浮现出笑意。

认识他的人称呼他慢先生，他的慢不是平常的那种慢，他的慢超乎寻常，走路的时候，他的手臂和腿脚关节好像被空气暂时抓住了，说话的节奏也是慢的。第一次看见他的人，会以为他的肢体有残疾，或者精神上出了问题。他经常被围观，引来众人议论：这个男人慢得离谱，慢得让我心慌，他是演员吗？他在表演吗？面对疑问，他笑而不语，他觉得即使说出来，众人也不会理解，而那些不能被理解的话就是废话。有人说他像机器人，他慢慢摇了摇头，有些气恼。

他在石头上慢慢坐下，慢慢取出水杯，慢慢扭开杯盖，慢慢突出嘴唇，喝了第一口水。一个肥胖的男人举起自己的水杯，嘻嘻笑着模仿他的动作，最后累得气喘吁吁。他早已习惯这样的戏谑与模仿。

他抬头看湖泊里的鸟，鸟消失了，那是短暂的消失，它们飞不出动物园。动物园管理处发布过公告，说他们引进了世界上最先进的虚拟天空装置，这样一来，动物园里的鸟能生活在铁笼和栅栏之外，在另一个空间里自由飞行，想飞多久就飞多久。不过，如果那些鸟飞得过高，虚拟天空里的电光屏障会自动阻拦它们的翅膀，强迫它们落下来。面对电子牢笼这种高科技新玩法，慢先生心里五味杂陈。他心里有隐忧，他听别人说起过，动物园里的这些动物死亡之后，会被机器动物取代。如果真是这样，那只鹤怎么办？想到这儿，他的神情有些黯然。

现在是秋天，其实夏天就在不远处。夏天的某一天，他在图书馆典藏室清理藏品，在箱柜的最里面发现了古籍善本《鹤谱》，他拂去上面的灰尘，被里面的图画和文字深深吸引。中国古代文人以鹤为师，以鹤为榜样，坐卧行走、言谈举止依照鹤的节奏和气韵，做一个缓慢的不慌不忙的人。

一个缓慢的不慌不忙的人。他望着窗外的云和树，也想成为这样的人。我虽然无法像古人那样拥有自己的鹤，让鹤陪我喝茶读书，陪我坐禅修行，陪我游山玩水，但我可以向鹤学习啊。

他是这样想的，也是这样做的。他去动物园观察鹤，一边拍摄一边记录，鹤的步伐，鹤的站姿和睡姿，鹤观察世界的角度和脖颈的弧度，印在他的脑海里。他一边观察一边模仿，动作既夸张又滑稽，他摔倒过很多次，胳膊和腿脚被石头划伤过。周围的游客举起手机拍照，还有人笑话他，他提醒自己不要在意。半个月之后，他掌握了慢动作要领，身体的协调和平衡感越来越自如。再后来，他已经能真切感觉到自己的呼吸和肢体的慢动作、语言表达的慢节奏协调在了一起，能让陌生人以为他原本就是这样的慢人，他心里高兴但没有满足，他觉得应该再慢一些，他期待那种真正的缓慢，比自然而然的慢再慢一些，他相信只有这样的慢才能让自己体会到独属于自己的那份笃定，找到新的自我。

妻子最先发现了异常，瞪大眼睛看着他，以为他在单位受了什么刺激，但他的眼神和说出的言语是正常的。一家人坐在一起吃饭，他慢慢享用饭菜，妻子看着他举筷端碗和嘴巴咀嚼的怪异动作，忍不住喷了饭。儿子完成了一半作业，他还没有吃完，妻子站在厨房门口，脸上有迷惑更有不悦。有一次，儿子这样问他："你是慢爸爸吗？"他慢慢点头，慢慢露出微笑，慢慢伸出手抚摸儿子的脑袋，儿子却躲开了。

夜深了，他和妻子同床共枕。妻子想温存，他慢慢伸出手，慢慢解开妻子的胸衣。动作和之前完全不同，妻子手脚紧缩，身上起了一层鸡皮疙瘩，她还能忍受这样的慢，她只是感觉到了滑稽，扑哧笑了。

"笑什么？"他的语气缓慢而悠长。

"你能一直这样慢下去，我还真就佩服你了。"

"哦……"

妻子整理好胸衣，关闭身边的床头灯，拉上被子睡觉去了。妻子的话里有调笑，可他一点不生气。

还有一次，上级领导来图书馆考察工作，大家列队欢迎，领导满面春风地和大家握手，走到他面前了，领导伸出去的手已经在他胸前停留了两秒钟，他才慢慢抬起手臂，慢慢伸出右手，领导显然感到了怠慢，错过他和下一位工作人员握手。这一幕被摄像机拍了下来。此后的情形可想而知，他提醒自己，这是必须经历的考验。

他的工作岗位从典藏部调到了借阅室。他已经是图书馆典藏室里的怪人，现在又变成了多余的人，因为机器人能负责完成读者借阅图书的所有工作流程。他找不到事情可做，最主要的工作就是擦拭机器人身上的灰尘。成为机器人清洁工的确出乎预想，但他能够接受，这不过是一个秘密，不让妻子和儿子知道就行了。他再次提醒自己，这是必须经历的考验。

他没想到儿子开始模仿他的慢，模仿得惟妙惟肖，且有自己的创造，这让他深感意外，同时又有些不安。儿子写作业时，一个简简单单的汉字十几秒钟才能写完，早晨洗脸刷牙耗时二十分钟，晚饭时父子俩相互观察，看谁吃得慢，谁最后吃完谁才是慢冠军。妻子忍无可忍，发了几次火。父亲的所作所为不能影响孩子的学业和成长，他试图调快肢体动作节奏和语言表达速度，可是调整到最后，他的身体出了虚汗，心跳明显紊乱，眼神开始发虚，连续几晚失眠。妻子没有办法，只好把儿子放在外婆家，她自己也开始收拾东西准备搬过去住。

“我能容忍你不赚钱，穷日子别人能过，我们也能过。我不理解你为什么突然间变得怪里怪气的，你这是做给谁看？”妻子摔打衣物，满脸迷惑。

“我……”他慢慢搓着手，手上的灰变成一个泥团，他把泥团揉搓成一个蜗牛。蜗牛的慢是好的，鹤的慢也是好的，他在想。“一切都太快了……还没仔细感受就过去了……我做给自己看……”他喃喃低语，心里轻松了很多。

“你慢够了，我们再回来。”

他点点头，没有说话。

那些鸟果然飞下来了，它们在空中像飘逸散开的花瓣。几片树叶落下来，散发出斑斓的色彩，树叶离开枝头的姿态，带给他另一种感受：树叶落下不是因为季节驱使，而是为了摆脱束缚落到想落的地方。

人的选择何尝不是如此？眼前的落叶是可信可爱的。

“慢先生，下午好。”

一个熟悉的声音把他唤醒，他慢慢转身，看见须发皆白的老艺人站在竹案旁，把螃蟹的蟹钳磨成裁纸刀，他的手边有一只用木头雕刻的鸟，鸟的脑袋埋在翅膀下面。

“什么也替代不了手工。”老艺人说道。

他点了点头。

“豹子死了。”

“什么死了？”他没有听清。

“动物园里的那头豹子死了，昨天晚上死的，老死的。”

“哦……”他看见过那头豹子，豹纹非常漂亮。

“动物园不会再买真豹子了，真豹子太贵了，他们会买机器豹。那头大象八十岁了，比我还大两岁，老得不行了，也快死了。”老艺人有些激动，咳嗽了好几声。

他想到鹤的死亡，又不敢深想。

“老先生，这是什么鸟？”他随口问道。

“鹮，”老艺人捋了捋胡须，“这是通人性的鸟，懂感情的鸟。鹮睡觉时把脑袋蜷缩在羽毛下面，身体看起来像一颗心。”

他弯腰细看，恍若看见自己的心。我的心跳变缓变慢了，眉宇间变松弛了，有了轻盈之气。这都是真的。

“互联网和高科技毁了一切，还是过去的人间烟火好，”老艺人站久了，开始活动腰腿，吃力地把双膝弯下去，“满街都是机器人，机器人不是生灵，动物才是。”老艺人缺牙的嘴里发出衰颓的声音，脸上浮现出属于老年人的那种愁绪。老艺人一边收拾东西一边说：“慢先生，你是读书人，你的慢跟别人的慢不一样，你在修行。”

他感受到了慰藉，同时有些不好意思。老艺人的竹案是一辆四轮小推车，他推着往前走，走了几步停下来，背对着他说道：“生活不容易，有一种慢令人难过，”他继续往前走，像是自言自语，又像是补充之前的话，“贫穷是一种慢性病……”

老艺人的背影渐渐消失。若在以前，老艺人的这些话会击中他的神经，让他陷入失望和失败的境地，内心深处充满对人世和际遇的不满，可是现在，他的呼吸自然而平顺。他知道自己进步了。

路边是孔雀园，一只孔雀抖动着身体准备开屏。孔雀开屏的时候，屁股也会露出来，孔雀自己看不见而已。这是一本书里的语句，类似于谚语。他对孔雀没有兴趣，尤其不喜欢孔雀那看似愉悦其实骄矜的神气色彩。

猴山在孔雀园的隔壁。为什么这样安排呢？难道是想让孔雀整天勾引猴子吗？慢先生的属相是猴，他对猴子有天然的好感。他停下脚步，从旁边的自动贩卖货柜里买了几根香蕉，直接抛给了猴子。他不愿意用食物挑逗猴子。他在那儿看了一会儿。两只猴子面对面坐着，向空中展开弧形的手臂，叫个不停，好像在谈判。一只猴子歪戴着游客抛掷的帽子，玩自己的尾巴，玩得不耐烦了，露出尖利的牙齿叫骂。起风了，猴子们跳起来，抓取飞舞的落叶。

再往前走是大象的院子。老艺人说得对，这头大象太老了，稍微移动就气喘吁吁，它吃力地摇晃长长的粗鼻子，扇动布满皱褶的耳朵，跺着脚推拱水泥栅栏，试图用鼻子拉断栅栏上的铁链。他买了七八个苹果，找准方向投进大象的嘴里。

鹤园近在眼前，他心中有喜悦，眼里的光显而易见。他买了一袋鱼虾，搜寻鹤的影子。那只熟悉的鹤单腿站在假山的阴影里，眯着眼一动不动，没有了往日的灵动，好像在睡觉，又好像生了病，他有些担心，走过去通知附近的管理员，管理员坐在椅子上，似笑非笑地看他一眼，没有说话。这只鹤年岁大了，精神萎靡，食欲不振，应该让它住在温度和湿度相对平衡的空间。他把想法说给管理员听，管理员依旧似笑非笑地看着他，没有说话。他撕开包装袋，把鱼虾抛进池塘。

“我给你买的，你醒来后吃吧。”他小声说道。

一阵风吹来，两片树叶落在鹤的身上，接着又有一片落在鹤的头顶。丹顶鹤，鹤顶落叶。自从慢下来之后，他发现自己比以前幽默了。风比刚才大了些，天上的白云变成了灰云，正在慢慢聚拢成块状，天色渐渐晦暗了。

几个游客被他的怪异动作吸引，纷纷举起手机，说笑个不停。

“你就是慢先生吧，我在网上看过你的视频。”

“慢先生，你有视频账号吗？”

“现在的社会，不怪不红啊，怪了才能红。”

他不回应，围绕着鹤园走自己的路，眼神一直停留在鹤身上。动物园闭园的前奏曲开始飘荡，游客朝出口走去。他忽然听见管理员通电话的声音：“我现在还不能下班，那只鹤出了毛病，我得看一下。”

他顿时紧张起来，顺着矮树林走到管理员休息室后面，透过窗户看见管理员正在整理一个橙色的工具箱。身旁的竹林在风中摇摆，剐蹭着他的脸。管理员哼唱着小曲走出管理室，打开门锁走进鹤园，踩着脚踏石走到鹤的旁边，弯腰抱起鹤，接着走出鹤园，走进管理室。

在这个过程中，鹤一动不动，慢先生有一些慌乱，以为鹤死了，可是随后看见的一幕让他大吃一惊。管理员把鹤放在桌上，拿起一块布清理鹤身上的池水和碎屑，从工具箱里取出改锥，拨开鹤的羽毛，在鹤的腹部打开一个深灰色的金属盖板。他的眼前有些眩晕，胸口有些憋闷——这是一只机器鹤，不是真的鹤。怎么会这样呢？那只鹤死了吗？管理员从鹤的肚子里取出一个拳头大小的黑色胶囊，打开后把里面的东西倒在桌上，他看见了鱼和虾，还看见了开心果和杏仁。他万万没有想到，现在的机器鹤也能吃东西。管理员把清理好的胶囊重新置入鹤的身体，卸掉鹤的翅膀和腿关节，取出一个小小的电机，在上面涂抹润滑液，随后举起精巧的焊机，修补鹤的脚趾尖。

一切妥当之后，管理员把部件组装起来，梳理好鹤的羽毛，打开鹤身上的电源开关，这只鹤晃了晃脖颈，迈开步子在管理室里走来走去。鹤的漫步，是他熟悉的鹤的漫步。管理员推开门，这只鹤走出去，慢慢走进鹤园。他跟随这只鹤走进鹤园，这是他第一次走进鹤园。管理员大声制止了他："你是谁呀！你不能进去！"他定在原地，慢慢回转身，有些眩晕。管理员认出了他，降低声调说道："那只鹤上周病了，送进医院没抢救过来。”

“那只鹤活了多大岁数。”

管理员点上一根烟，情绪有些低落。“六十一岁，比我父亲的岁数都大。”

“六十一岁……”他喃喃低语着垂下脑袋，“比我大十六岁……”

此后的几天，慢先生茶饭不思，萎靡不振，工作的时候时常出现状况。他擦拭机器人身上的灰尘，同一个部位会反复擦拭几十遍，机器人在他的电子考勤表上画了一个大大的红叉。借阅室主任走过来，朝他弯了弯手指头，示意他进办公室。他在办公室的监控屏幕上看见一群人举着标牌围拢在图书馆门前：“慢先生，我们想见你！”

“都看见了吧，你现在是慢先生，是网红了。”主任的语调里含有嘲讽，“他们影响了我们的工作，你看怎么办？”

“主任，我不是网红。”他垂下眼帘，不想说太多，但他知道，图书馆门前那些人的确会给自己的工作带来负面影响，他不能失去这份工作，“主任，我出去应付一下。”

“速去速回！”

他慢慢走出办公室，慢慢走进电梯，慢慢走出电梯，慢慢推开门，慢慢走下台阶。主任的话并没有影响他走路的节奏。

“慢先生出来啦！”

“慢先生，你好，终于见到你本人了！”

“慢先生，我们合个影，好吗？”

阳光有点刺眼，他眯着眼，看不清周围的人，他听见自己的声音：“大家好，感谢你们，不过……”他不知道说些什么，额头上有了细汗。

“慢先生，我是电视台记者，请问你选择慢动作生活，最初的想法是什么？”

他沉默不语。十几秒之后，他咽了口唾沫，慢慢说道：“我想换一种看世界的方式，就是这样……”他搓着手，降低了声调，“就是这样……”他忽然想起之前读过的一句话：只有长途跋涉，才能让人焕然一新。他在想，我的慢动作是长途跋涉吗？怎么可能呢？

“我们都知道现在的节奏太快了，大家都在抢速度，你是想树立慢下来的榜样吗？”

榜样。听到这个词，他有些窘迫，他从没这样想过。

“慢先生，我们想跟着你学习慢动作，我们也想慢下来，你招学生吗？”

他摇了摇头，周围响起一阵笑声，不时有人附和：“我们要报名！”有人在人群里大声说道：“慢先生，谢谢你。生活需要仪式，慢动作就是一个仪式，只有慢下来才能发现自己的心需要什么。”

大家开始鼓掌。那一刻，他的眼神和思绪飘出去了，仿佛看见了鹤的尸体。

回到办公室之后，主任忽然满脸笑意地跑到他面前，说主管借阅室的副馆长要见他。慢先生有不好的预感。他们走进副馆长的办公室，副馆长先是竖起大拇指，随后走过来伸出手，他像往日那样，慢慢抬起手臂，慢慢伸出手，副馆长脸上挂着笑，很有耐心地等待他的手。在他面前，副馆长说话的语气有意缓慢下来。副馆长是这样说的：“有一家机器人制造公司，给图书馆借阅室捐赠了五十台最新型的高智能机器人，替换掉之前的老旧机器人。图书馆准备在下周举办一场活动表达谢意，对方希望慢先生能够出席活动。”副馆长和主任同时含笑注视着他，他没有办法也没有理由拒绝，但他心里很是憋闷。我的慢是我自己的，跟别人没有关系。他这样想的时候，感觉手脚有些僵硬。

下班回到家，他喝了两杯酒。他已经很久没喝酒了。之后，他拨通了妻子的电话。

“你慢够了吗?”妻子问他。

他沉默不语，妻子没有追问，把电话交给儿子。

“我同学笑话我，说我有一个慢爸爸。”儿子说道。

“儿子，不用理他们。”

“可我得天天见他们。”

他听见妻子在旁边插话：“儿子作业还没写完呢，挂了吧。”

他挂了电话，默默坐在那儿，杯子里还有残酒，他端起酒杯，把酒倒进酒瓶。

周末的下午，慢先生不知不觉走进了动物园。鹤死了，他心里难受。老艺人在雕刻一块大木头，好多人在围观。

“你雕的是鹤吧？”

“嗯。”

“那只鹤死了，怪可惜的。”

“那只鹤进这园子的时候，我还没出生呢。”

“你刻完了，我想买走。”

“我不卖，我自己留着。”老艺人淡淡地说。

慢先生继续往前走。落叶在周围飞升旋转，秋越来越深。他走进管理室，直接说道：“我想买那只鹤，不知道能不能……”管理员咧嘴笑道：“我还想买呢！鹤肉是大补，想买的人多了去了，轮不到你。”

他想买走鹤的尸体，请专业机构制作成鹤的标本，放在书房里。管理员误解了他的想法，但他没有解释。他隔着围栏注视着机器鹤，机器鹤也在注视他，仅仅三秒钟之后，机器鹤垂下脖颈走开了。之前的那只鹤，他心里的那只鹤，每次注视他的时间不少于十几秒，仿佛猜透了他的心思。那种注视带给他慰藉，同时带来某种希望。秋风吹乱了他的头发，他的眼睛透过乱发看着脚下的路，他觉得他的慢减缓了落叶飘下来的速度。

动物园里人影寥落，老艺人独自坐在那儿，随风飘舞的落叶围绕着他。慢先生走过去，静静地看着老艺人的雕刻动作，心里充满了伤感。

“慢先生，我知道你是真心喜欢鹤。”

他没有说话，眼前有些模糊。

“不瞒你说，这只鹤我已经雕刻了好几天，我的手抖得不行，我老了，刻不动了，如果再刻下去，会把这只鹤刻坏的。见好就收吧。如果你不嫌弃，我想把这只鹤送给你。”随后，老先生取出一张大宣纸，包好这只鹤，放在他手里。他想付钱，老艺人制止了他。

彩旗在图书馆的草坪上空飞舞，巨大的舞台下面坐满了观众。下楼之前，慢先生摩挲着这只鹤，让心绪平静下来。鹤的脑袋和脖颈已经刻完，身上的羽毛差不多也刻完了，一条腿刻完了一半，另一条腿只有一个轮廓。他和老艺人认识不久，交流的次数屈指可数，也没有买过他的手工作品，慢先生心里很愧疚。他长舒一口气，慢慢往楼下走去。

欢快的乐曲声包围了慢先生，他闭上眼睛，做了两次深呼吸，鼓励自己迈开脚步，进入状态：我领着单位的薪水，我就是单位的义务演员。没什么可说的。开始吧。这是我人生的第一次公开表演。我在舞台上举着"阅读改变人生，机器提升人类"的牌子慢步走，这是我已经习惯的步伐和节奏，台下的观众笑起来了，现场的气氛活跃起来了。或许在他们眼里，我是一个擅长慢动作的杂耍演员。没关系的，他们想怎么想就怎么想吧，我不能在意这些。我要首先对赞助商露出微笑，然后对图书馆的领导们露出微笑，最后对台下的观众们露出微笑，我也要笑给自己看。我听人说过，人不能忘了微笑，即使心里有苦，也要微笑。我以前笑得太少了。瞧，他们在笑，他们都在笑，笑得很开心，笑得前仰后合，他们的笑声告诉我，他们之前从未见过像我这样走路的慢人。是的，我是慢人，但我是人，不是机器人，这种慢是我创造出来的——不，不，是我偶然发现的，在有先见之明的古人面前，我什么都不是。我需要再次对图书馆的领导们露出微笑，我要拉长微笑的时间。我必须重复一遍：我领着单位的薪水，就是单位的义务演员，领导满意了，才会对我满意。啊！机器人正在台下候场呢，他们是一模一样的钛合金高智能机器人，将在舞台上表演芭蕾舞和街舞。观众朋友们，我今天的表演快结束了，我要下场了，该那些机器人上场了，我接受你们的掌声和笑声。一个孩子大喊："我想听机器人唱歌！"孩子，这回你可能要失望了，这些机器人在图书馆里工作，是图书馆机器人，图书馆是安静的空间，人类只需要他们安安静静地快捷工作，不需要他们说话。其实让机器人说话很容易，计算机和机器人专家在他们的大脑里安装语音箔片系统就行了。这些机器人的电子眼非常发达，或者说，他们的电子眼也是他们的电子嘴和电子耳，他们有非常精密的记忆芯片和意识捕捉系统。再见，我下场了。今天上来的时候，我有些紧张，慢动作有些变形，不过你们发现不了，我自己最清楚。

当慢先生走下舞台坐在办公室里的时候，后背的汗水和腿脚的僵硬让他的面容有些怪异。那一刻，他深深体会到这两句话的含义：可耻的麻木需要用癫狂击打，内心的陶醉常被世人以为是精神怪异。当他的呼吸渐渐平顺，他又有了短暂轻松的感觉：那所谓的舞台上的慢，或许就是一跳，或许是向生活的深处扎根。

主任助理跑进屋，把一个信封放在桌上，小声说：“主任特批的劳务费，你收好。”他的双肘支撑在桌上，双手托着下巴，注视着桌上的信封，信封有明显的隆起，他没有兴趣清点数目。他扭头望向窗外。一只鸟快速闪现，快速飞走，了无痕迹。转瞬即逝的感觉，或许是死亡的某种预演，而舞台上的感觉还在。舞台上的自己是真实的自己，这类似于一个人对自己直言不讳，而他心里明白，直言不讳并不是真情流露——没有真实和真情，就没有真情流露。慢先生心里很清楚，这些年过去了，除了对儿子的情感之外，除了对那只鹤的情感之外，他极少体验过真情流露。

妻子却不是如此。她是没有生活欲望的本分女人，既不了解自己也不了解社会。她对待儿子时会真情流露，看电视剧时会真情流露，淘到既便宜又称心的衣服时会真情流露，吃到想吃的东西时会真情流露，她没有什么内在的痛苦。有时候，他羡慕妻子的简简单单，但他又做不到。

他看着秋天高远的天空，想象着夜晚这一幕：他拿着信封去看望妻子和儿子，妻子打开房门，他站在门口没有马上进去，定定地看着妻子，妻子已经不习惯这样的注视。

“看我干吗？进来啊。”

他默默走进屋，儿子正在做作业，他走过去摸了摸儿子的头发。儿子缩了缩肩膀。

“我怎么觉得你的动作比以前更慢了，还没慢够啊。”妻子会这样说。

他把信封放在桌上。

“这是什么？”

“单位发的奖金。”

妻子打开信封，伸出手指反复捏了捏，嘴角露出微笑，这微笑慢慢延伸到眼角。

新型机器人正式工作了，主任按下计算机中心机器人运算系统的控制键，机器人迈着安静整齐的步伐，迅速进入了工作岗位。读者拥挤在借阅室门外，期待自己成为第一批被服务的对象。主任搂着慢先生的肩膀，以商量的口吻说道："未来一段时间，市里和区里还有几场文化联谊活动，我们是图书馆系统先进单位，你要代表单位表演节目。"主任松开了手，眯着眼，手指敲着下巴，若有所思地说："我觉得……你除了慢动作表演，可以再学一些新动作，比如倒立着慢走，金鸡独立式地慢走，比如一边慢走一边唱歌，或者说单口相声。你觉得呢?"慢先生笑了笑，随即垂下眼帘，他知道自己的眼神很不自然。主任接着说："你这几天不用来上班，抓紧时间去相声会馆走一走，看一看，好好体会一下，车票、门票，还有在外吃饭的费用单位报销。相声方面的书籍，馆里有很多，你让机器人帮你找一下。"

他慢慢走回办公室，坐在沙发上，思绪一会儿混乱，一会儿空白。他叹口气，召唤一个机器人进来，在他胸口的电脑屏幕上写了两个字：相声。机器人没有马上离开，他被柜子上的鹤吸引了。

"难道……你也喜欢鹤?"慢先生忍不住笑了笑。

机器人靠近鹤，左右察看，默默点头。他感觉很好笑，不过这个情绪被心里的慰藉感抵消了："我喜欢鹤，鹤是我的老师。"机器人听完他的话，迅速扭头看着他。

"你该工作去了。"

机器人快速离去。过了一会儿，他觉得应该再找一些脱口秀方面的书籍，于是起身去书库寻找那个机器人，但没有找到，他只好在另一个机器人的电脑屏幕上输入三个字：脱口秀。

巨大的书库是知识的海洋，可是看到那么多机器人在里面穿梭，慢先生忽然有奇怪的感觉：巨大的书库就像知识的仓库。人类真的需要那么多书籍吗？他摇了摇头，走回办公室，在桌上看到一大摞相声书籍，新来的机器人比之前的机器人高效多了。他把相声书籍摆放整齐，忽然发现那只鹤不见了。他迷惑地走出去，看见好几个机器人围拢在书架旁一动不动，他好奇地走过去，发现那只鹤站立在书架旁边的柜子上，机器人正安静地注视着它。

“你们在干什么？谁拿出来的？”他抱起鹤，瞪了机器人一眼。这些机器人齐刷刷地转动脑袋，无声地注视着他。他走到办公室门口，回转身，真想再骂他们一句。他看见机器人排成一排，整整齐齐地向他鞠躬。这些机器人在道歉吗？或许是吧。他挥了挥手：“好了，这一次我原谅你们，以后记住了，不是你们的东西不要碰。”他听见机器人的身体内部发出连续不断的嘀嗒声，他之前从未听见过这个声音。坐在椅子上，他有点后悔刚才说出了那句话。“不是你们的东西不要碰。”可是，属于机器人的东西是什么呢？他们又拥有什么呢？他无解地摇了摇头。

随后的几天，慢先生遵照指示，走遍了几家最有名气的相声会馆，他实在找不出相声和慢动作之间的必然联系，或许店小二报菜名的吆喝声能和慢动作的表演结合一下。谁知道呢？慢先生一边琢磨一边念叨那些菜名。记住上百个菜名真不容易啊！

他所不知道的是，在他念叨菜名的时候，图书馆里出现了混乱的一幕。借阅书籍的读者挤靠在柜台边，不停地抗议。

“你们的速度越来越慢了，之前的机器人比现在的快多了。”

“我等老半天了。饿死了！”

“我去过好几家图书馆，还没见过这么慢的机器人。”

“什么先进单位。把牌子摘掉吧。”

“你们的低效率慢节奏，就是对会员的不尊重。”

“也不尊重我们的时间。”

“慢得我心慌。”

“你们用的是老年机器人吧。”

“老年残疾机器人。”

周围的人哄笑起来。

隔了一天，慢先生差不多记住五十道菜名的时候，借阅室门前的混乱场面升级了。越来越多的读者站在楼道里起哄，主任站在人群里跟大家解释：“对不起，这批机器人是新来的，可能系统出了点问题，技术人员正在抓紧处理，请大家多多理解。”

“我考试急等着这本书，我考砸了你能负责吗？”

“就是，我也急等着用这本参考书。”

“太慢了，真是太慢了。”

“之前填好借书单，五分钟后书就出来了。现在呢？现在至少等待十五分钟。我白白浪费了十分钟，这十分钟可是我的时间，我的时间被你们偷走了，你们是小偷！”

“时间小偷！”

“就是小偷！”

“时间太宝贵了！”

“这是什么年代！低效率和慢节奏，其实就是懒，就是笨。”

“说得太对了！”

主任无言以对，匆忙转身挤出了人群。机器人公司派来的技术专员正在忙活，主任看他的表情和手势已经知道事情没什么进展。机器人的神经系统一切正常，感应器和处理器一切正常，肢体和关节的连接杆也没有任何故障，机器人的行动和抓取速度为什么突然间变迟缓了呢？最让人莫名其妙的是，这些机器人几乎在同一个时间段出现了这种状况，且肢体行动的迟缓状况有升级的趋势。

“会出现极端情况吗？”主任有些担忧。

“什么极端情况？”

“机器人伤害人类。”

“这个不用担心。机器人内置了自毁软件，如果出现伤害人类的举动，自毁软件会自动启动。”

“机器人这样工作，速度太慢了，没人受得了。”

技术专员继续检查近期监控数据，忽然发现机器人围拢在一起注视一样东西。

“那是什么?”

“那是……”主任凑近细看，“是一件雕刻作品吧?”

旁边的工作人员马上说道：“那是慢先生的鹤。”

“鹤？什么鹤?”主任没有完全明白。

“主任，慢先生说过，鹤是他的老师，他跟着鹤学习慢动作。”

主任紧张地直起身，双手抓挠着头发。过了一会儿，他们看见慢先生出现在屏幕上，还对机器人说了几句话，后来机器人排成队列向他鞠躬。主任的神色越来越紧张。技术专员还发现，这些机器人在工作的间隙，时常在书库里相互对视，而机器人之间的相互对视就是机器人之间的数据交流。最让人吃惊的一幕出现了：慢先生在前面慢慢走，十几个机器人跟在后面，模仿他的步态和节奏。

“问题找到了。”技术专员长出一口气，“就是这个男人。”

“为什么会这样?”主任皱起的眉头像两个鱼钩，“机器人应该追求高效快速，为什么要学习他的慢动作?”

技术专员陷入沉思，没有说话。主任一脸愁绪，不停地摇头。

“难道真的是这样?”技术专员连连摇头，眼角有奇怪的笑意，“不可思议，不可思议……”

“你说什么，我听不懂。”

“我不能说太多，我现在回公司汇报情况。”

技术专员拎起包，急匆匆跑出了图书馆。他一边奔走一边给公司打电话：“真没想到，这批机器人可能是公司目前最成功的产品，他们的运算能力和人类意识抓取能力，碰巧融合在了一起。人类有一个词语：物极必反。当机器人体验过高速度之后，他们或许正在模拟人类意识，体验另一种速度，那就是缓慢，那就是慢下来……我还不能完全确定，这只是揣测……我很快到公司……”

慢先生走进借阅室的时候，同事们看着他，有的皱眉头，有的撇撇嘴，有的在偷笑，他听见同事们七嘴八舌的议论。

“慢先生，他们这些动作都是跟你学的吧。”

“快捷的机器人，变成缓慢的机器人了。真有意思。”

“我有点害怕，机器人是不是疯了？”

“我觉得还是应该赶快报警！”

“应该报警！”

他继续往里走，主任在电话里咆哮的声音还在耳朵里。他看见一个机器人抱着书，拖着脚步，慢悠悠地走出来，另一个机器人跟在后面，手里同样抱着书，双腿行进的动作更为夸张，确切地说，这个机器人用弯曲的双腿拖着整个身体前进，好像身上背负着巨大的重物。第三个机器人出来了，他抱着几本书，一只脚往前迈，尽可能往前迈，之后再伸出另一只脚，每完成一个跨步费时二十秒钟。更多的机器人出来了，他们手里抱着书，也就是说，他们看似在正常地工作，可是他们聚拢在一起的慢动作身影，像一群不会正常行走的丧尸怪物。

慢先生的心跳越来越快了，他停下来，看着自己的腿和脚，深深地吸了一口气，似乎明白了什么。这份工作可能要丢掉了。随便吧。他慢慢走回办公室，慢慢抱起那只鹤，慢慢走出办公室，慢慢走出借阅室。电梯就在旁边，他选择走楼梯。他忽然听见主任声嘶力竭地大喊：“赶快关上借阅室的门！赶快通知保卫部和计算机中心，关闭机器人运算系统！”

慢先生并不知道，他走出借阅室的时候，那些机器人跟随他走出了借阅室，跟随他下了楼梯。站在楼道里的众多读者在发出惊呼和尖叫的同时，没有忘记举起手机拍照摄像。慢先生没有在意这些，他抱着鹤走自己的路。

他走出图书馆的大门，抬头看了看天空，云朵很细软，像卷曲的羊毛。那些机器人几乎同时停下脚步，抬头看着天空。慢先生继续前行，这些机器人的步伐正趋同于他的步伐，且步态和节奏越来越像。更多的人围拢过来拍照摄像，打开视频直播。慢先生走出了图书馆的大门，门卫接到了通知，但没有一个人敢上前阻拦机器人，机器人跟随着慢先生在街边人行道上继续前进。

突然间，慢先生听见一群人的齐声惊叹。他停下脚步，慢慢转身，看见了这一幕：这些机器人摆出完全一样的弯腰伸腿的动作姿势，静悄悄地一动不动了。他们的运算系统被关闭了。这些机器人为什么要模仿我的慢动作？难道他们也想慢下来？真的是这样吗？这样想是不是很荒诞？慢先生笑了，笑容里有迷惑，也有平静。他低头看着鹤的眼睛，他想念妻子和儿子了。

空钵

晚饭过后，岸边安静下来，海浪声飘进客栈院落。阿尔法收拾桌上的杯碟，听见身后两个女人的对话。

“夜来香的味道太浓了。”

“我现在也喜欢清淡的。”

“少女的身体没有花香和果香，少女文弱无味，那个味是真味。”

“真味……”

“我们去听书馆吧。”

“好的。”

阿尔法闻了闻手臂，嗅觉神经传感器显示出气味参数：T-1230。阿尔法走近夜来香，让大片叶子覆盖手臂，气味参数没有发生变化。阿尔法触摸钛合金躯体，忽然有一个闪念：阿尔法，你是男性，还是女性？

它随后想起来，客栈老板叶嘉曾在电话里跟朋友说过，她从之前任职的公司买了一个机器人，帮助她打理客栈。朋友说你买的是机器男人吧，叶嘉非常清楚地告诉朋友，她对男人没有了期待，对机器男人也没有兴趣，她买的是机器中性人。

机器中性人。阿尔法似懂非懂地点了点头。

阿尔法走进说书馆，为客人斟了一遍茶，在盘子里添了一些花生瓜子。老沈正为客人说书讲故事。三皇五帝说完了，继续说下去：成汤放夏桀于南巢，商纣自焚于鹿台，犬戎弑幽王于骊山之下，朱由检煤山上吊，咸丰暴死于热河，光绪病殁于瀛台。那个溥仪，最后一位皇帝，死于糖尿病。

说到溥仪，大家兴奋起来。有人说："溥仪可不是最后的皇帝，中国现在还有一个皇帝，这个皇帝姓钱，钱皇帝。"众人笑起来，笑声落下去之后，说书馆里的空气有些凝重。一位戴眼镜的老者叹了口气："我之前对胡适先生充满敬意，读完溥仪的传记资料，心里很失望。"

"为什么？"其他的人很好奇。

"胡适曾去紫禁城见溥仪，他在日记里是这样写的：'我不得不承认，我很为这次召见所感动。我当时竟能在我国最末一代皇帝——历代伟大君主的最后一位代表的面前，占一席位！'"老先生再次叹口气，"胡适可是鼎鼎大名的新文化领袖啊……”

老沈一边听，一边收拾桌上的扇子和醒木。客人起身离去后，阿尔法走过去揉捏老沈的脖颈和肩膀，用手掌按压他的脊背。

“今天说得不好，漏了一些细节。”

“沈伯伯，你还想吃夜宵吗？”

“不了，我该走了。”

阿尔法扶着老沈朝门外走去。今晚的月亮很好，像晶莹剔透的镜子。

“听说又有两家客栈倒闭了，现在生意不好做，我真担心你们。”

阿尔法默默无语，把老沈送到路口。

“沈伯伯，我想问你一件事。”

“什么事？”

“一个客人说，少女的身体文弱无味，那个味是真味，真味是什么味？”

“真味是什么味？”

老沈有些恍惚。他小时候听说过，初雪落下的时候，不要用脚踩踏，也不要握雪球打雪仗，要用手轻轻捧着，看初雪能在手上停留多长时间……初雪的味道是真味吗？真味是初雪的味道吗？

阿尔法把他唤醒：“沈伯伯，机器中性人不是机器男性，也不是机器女性，是这样的吗？”

在老沈看来，一个不必穿衣服的钛合金机器人站在面前，不会有人谈论它的性别。不过，和阿尔法接触之后，他会下意识地把阿尔法当成机器人孩子，这个孩子帮他倒茶捶背，扶着他散步，说出的话有条有理，不花他的钱，从未惹他生过气。

“这个……我还真没想过。”

“我是人类制造出来的，我的性别也是人类命名的……”

天色将亮未亮的时候，阿尔法已经为客人准备好了自助早餐。它拿起扫把清扫院落，扭头看见叶嘉穿着睡衣，坐在树下抽烟。这段时间，叶嘉时常失眠。

客人们陆陆续续下楼，一个女人哼唱着婉转的戏曲唱词：“春日烂漫，那泼溅出来的是什么？窗外有喜鹊，镜里有情郎，这不明摆着吗？你和他的事，说了出去，就像一盆凉水倒进热油锅，炸开了。你觉得自己是好的，他觉得自己是好的，你们心里都有这样的得意……”

“情郎是什么？”阿尔法问道。

“女人喜欢的男人。”叶嘉神情寡淡地说。

“女人喜欢的男人……”阿尔法小声重复着。

叶嘉长舒一口气，喃喃低语：“一个半月，只来了七位客人，这还是旅游旺季呢……”她摇摇头，苦笑一声，扔掉烟蒂，像是给自己鼓劲似的猛地站起身，“我回城里一趟，看看有没有其他的赚钱项目。我走后，你把客栈守好。”

“什么时候回来？”

“说不准，”叶嘉边往屋里走边说，“你不能再把流浪汉领进客栈了，你可以给他们钱，给他们吃的，就是不能让他们进客栈，那样做很危险。”

“好的。”

“记住了吗？”

“记住了。”

看到叶嘉憔悴的神色，阿尔法没有询问性别问题，但昨晚的念头缠绕着它，影响了它的工作状态。

“嗨！老板，鸡蛋煎得太老了。”

阿尔法跑进餐厅，重新煎了几个鸡蛋送过去。正在用餐的女孩很好看，阿尔法凑过去端详她的脸。女孩瞪大眼睛说道：“你想坐下来一起吃吗？”阿尔法问道：“你做女孩有什么感受？”女孩拿腔拿调地说：“我讨厌做女孩，我下辈子不做女孩了，我想做一个多毛的动物，这样就不会为每天穿什么衣服发愁了。”女孩说完，哈哈笑起来。阿尔法还想继续询问，旁边的男人大声说道：“我们正在吃饭，你这个机器人别捣乱，走开！”

叶嘉跑过来道歉，推着阿尔法离开了餐厅。

“你干什么呢？生意本来就不好做，不能得罪客人。”叶嘉小声抱怨道。阿尔法低下头，叶嘉定定地看着阿尔法，脸上露出哭笑不得的神情。

“机器中性人不是机器男性，也不是机器女性，是这样的吗？”

“是啊，你是机器中性人，”叶嘉双手环抱在胸前，“是那种不用装配皮肤，也不用穿衣服的机器人。”

“机器中性人……中性……”

“当初填写订单的时候，机器人性别一栏有三个选项：中性，男性，女性。有的公司是这三个选项：中性人，男人，女人。中性和中性人的指向是一样的。”叶嘉看着阿尔法，停顿一会儿说道，“你好像不高兴？”

阿尔法没有说话。叶嘉环视四周，忽然有些紧张，她心里很清楚，眼下这家客栈离不开阿尔法，其实她本人也离不开阿尔法了，她已经习惯了。她深吸一口气，说道：“我可以让机器人公司为你装配上皮肤，你穿上男人的衣服就是机器男人，穿上女人的衣服就是机器女人，可那需要一笔钱，我现在没有那么多钱。”叶嘉的眼神里有恳求的情绪，她迅速侧转身，避开阿尔法的注视，放低声调说道，“阿尔法，我喜欢你，信任你……”想到离婚后的生活，想到客栈的困境，叶嘉的眼角开始湿润。

叶嘉在楼上独坐，听见阿尔法和几个客人说话。

“请问，你们怎么看机器中性人？”阿尔法问道。

“怎么看机器中性人？我只听说过中性人。”

“什么是中性人？”阿尔法继续问道。

“男人看起来像女人，女人看起来像男人，这样的人是中性人。”

“好像不对，中性人是变性人吧？”

“不男不女之人就是中性人。”

“你这话太损，你不能歧视中性人。”

“男的喜欢穿女人的衣服，女的喜欢穿男人的衣服，这样的人是中性人吧？”

“我知道有一种美是中性美。”

“我觉得机器中性人，也是不男不女的机器人。”

“这机器人有意思。”

“我们明早离店，鸡蛋不能煎老了。”

“我们快去海边捉螃蟹吧。”

叶嘉站在窗前注视着阿尔法。看着客人离去的背影，阿尔法的双手握紧了扫把杆，扫把杆突然间就折断了。看到这一幕，叶嘉非常惊讶，同时又有些慌乱，急忙打开电脑查阅中性人的相关资料。

中性人，是性别不详的人，对他们的身体进行生理检测辨别不出性别，这类人也不知道自己是男是女，也不承认社会给他们的性别定位。中性人不是指性别的变异或混乱，或者雌雄同体。中性人讨厌周围的人对他们进行性别假设。

叶嘉倒吸一口气，意识到她和很多人一样，把中性人这一概念完全理解错了。在此之前，她也会下意识地认为，中性人是不男不女的那类人，或者是经历过变性手术的人。现在看来，这个认知不仅落伍，且充满了偏见，甚至有歧视色彩。叶嘉的脸有些发烫。

她拿起电话，把此刻的想法说给之前的主管领导，主管领导呵呵笑了几声："我说叶嘉啊，中性、男性和女性三种分类，是机器人行业的共识和统一分类，你是不是想多了？机器中性人就是不男不女的机器人，别搞那么复杂。"

"中性人不是不男不女的那种人！"叶嘉提高声调说道。阿尔法站在院子里听见了叶嘉的声音。主管领导没想到一个离职人员竟对自己这样说话，语调瞬间提高了："如果你觉得不男不女不好听，那你觉得叫什么好，你说啊！"

叶嘉沉默不语。

"难道叫无男无女机器人？"主管领导发出怪异的笑声，"我还有一个会议，就说到这儿吧！"

主管领导傲慢的语气从听筒里散溢出来。叶嘉落寞地走到窗前，心烦意乱，而自己又理不出头绪，但她能感受到，此刻的她对中性人充满了理解和同情。

不男不女。或许主管领导说得对，阿尔法是无男无女机器人。叶嘉随后想到，或许阿尔法是无性机器人。这个想法带给她欣喜和慰藉，同时也让她长长地舒了一口气，可是转过身，眼前的客栈又让她迅速陷入另一种焦虑。房租水电费、客栈推广引流费、日常生活费、家具电器设备的折损费、父母的医疗费……这一切都是现实，都得独自面对。她一直相信，经济独立的女人才能拥有属于自己的安全感，而这几年的经济萧条，正把她推向破产的边缘。

送别了叶嘉，阿尔法站在院落里，有些无所适从。它在想：如果叶嘉不想继续经营客栈了，她会带我一起去城里吗？阿尔法随后提醒自己，身为工作机器人，要时刻牢记自己的义务和职责，即使叶嘉不在客栈，即使没有一位住店客人，也要像往日那样，按时打扫院子，清洁门窗，擦拭桌椅，检查客栈视频监控和火电设备是否正常运转。

叶嘉走后的第三天上午，阿尔法做完手头的工作，听见连续的敲门声，敲门声从弱到强，渐次升高。最初是轻叩三下，接着是敲打五下，最后加大力量拍打七下——这最后的拍打不是用拳头，而是用手掌。

阿尔法听见一个男人响亮的声音：“阿弥陀佛，里面有人吗？”阿尔法不敢贸然开门，站在门后问道：“你们在找客栈吗？”

“我们不找客栈。”

“你们有什么事情？”

“我们是路过的出家人，乞点食物。”

“什么食物？”阿尔法没有听清楚。

“乞点食物，就是要点吃的，我们出家人吃素，剩饭剩菜也可以。”

阿尔法的记忆神经列出了数据：客栈没有储存食物，冰箱里有四根香蕉。

“没有其他食物了，水果可以吗？”

“水果也可以。”

“好的。”

阿尔法快步回屋，拿起四根香蕉迅速跑出来。它拉开大门，看见两个年轻的和尚，穿着宽大的深灰色长衫，一个看上去二十七八岁，一个二十岁刚出头的模样，他们胸前分别挂着一个圆嘟嘟的器皿，器皿上有一块暗褐色的遮布。

“这是香蕉，送给你们。”

年轻的和尚刚打开遮布，年长的和尚伸手抓住他的衣袖。

“屋里还有其他人吗？”年长的和尚问道。

“就我一个人。”阿尔法说道。

年长的和尚开始后退，示意年轻的和尚跟着后退。

“师兄，怎么了？”年轻的和尚问道。

师兄没有说话，低头往前走，年轻的和尚跟在后面，回头看了阿尔法两眼。阿尔法迷惑地看着他们。好奇怪的出家人。阿尔法的迷惑渐渐转为好奇，它放下香蕉，拉上客栈大门，想看看那两个和尚究竟在做什么。

“知道为什么拉你走吗？”

“不知道。”

“乞食的本意是什么？”

“度化众生。”

“机器人不是众生，乞食对它没有意义。”

“机器人不是人类制造出来的吗？”

“人类能制作出很多东西。机器人不是众生，我们不能度化它们，也不要向它们乞食，就像我们不能从猫和狗那里乞食。”

“师兄，我们一个上午只能乞食七家，刚才是第六家。”

“还剩最后一家。”

“师父说过，即使乞食不到食物，空钵也是好的。”

两个和尚走到最后那家的门前，年轻的和尚抬手敲门。

“阿弥陀佛，家里有人吗？”

“谁呀？”一个满脸皱纹的老大爷拉开了门。

“我们是路过的出家人，乞食点吃的，不要荤油的，剩菜剩饭也可以。”

“出家人，我很久没见出家人了，”老大爷扶着门板，一脸歉意地说，“我一天只吃一顿饭，现在还没做呢。”

两个和尚准备离去，老大爷说话了："你们要苹果吗？"

"苹果也可以。"

"我家后院有苹果园，你们跟我摘苹果去吧。"

老大爷在前面引路。苹果园不大，在一个土坡上面，有一把木梯子架在苹果树上。

"你们叫什么名字？"

"这是我师兄，他的法号是一堂，我是他师弟，法号一行。"

老大爷扶着树枝爬上土坡，指着梯子说道："你们爬上去摘苹果吧，想摘多少就摘多少，摘去吧。"

一堂低垂着眼帘，说道："我们有乞食戒律，不能自己摘苹果。"

"不能自己摘苹果？"老大爷笑着爬上梯子，摘下苹果抛到草丛上面。

"我们也不能自己动手捡落在地上的苹果。"一堂继续说，"乞食不自取，这也是戒律。只有在特殊的情况下，我们才能自取，但现在不是特殊情况。"老大爷迷惑地看着他们，慢慢从梯子上退下来。他看着草丛上的苹果，起初有些不情愿，后来还是弯下腰去。阿尔法忽然从树后闪身出来。它刚才一路跟随，他们说的话它全都听见了。

"阿尔法，你怎么来了，帮我捡苹果吧。"

一堂面无表情地看着阿尔法，一行脸上的神情则是轻松愉悦的。一堂迈开大步，走到老大爷身边说道：“老人家，麻烦你把苹果捡起来放在钵里面。它是机器人，我们不能让机器人捡起苹果放在钵里面。”

老大爷瞪大眼睛，随后笑道：“阿尔法帮我扛过米，有一次还背着我找出租车去医院。这个机器人厉害着呢。”老大爷凑到一堂身边，小声说道：“有一次，这个机器人救助了一个流浪汉，那个流浪汉在客栈里面白吃白喝了两天，临走时还偷了不少东西。这个机器人对人类好着呢。”

听到这些，一行注视着阿尔法，眼里含着笑。老大爷弯腰捡苹果，把手里的苹果平均放在一堂和一行的钵里面。阿尔法的眼前有些眩晕，出现了紫色、蓝色、黑色混合在一起的光影。它眨了眨眼，让自己平静下来，接着走过去，把一堂和一行的钵翻转过来，钵里的苹果全都滚落到草丛里了。一堂一脸诧异，一行的眼里含着笑。一堂没有说话，转身离去，一行紧随其后，眼里依旧含着笑。

眼前的一幕出乎老大爷的意料，他笑着捡起一些苹果，放在阿尔法手中，阿尔法道了谢，朝客栈走去。走到半途，阿尔法透过树丛看见了大海。它走上路基，穿过路面，跨越堤岸，走向空无一人的沙滩。十几只小螃蟹在礁石旁边的沙子里挖洞，阿尔法给螃蟹留下一个苹果。再往前走，它看见一只小海龟，就在小海龟的背壳上放了一个苹果，看着小海龟爬向大海。一只海鸟支棱着翅膀站立在礁石上，像一面瑟瑟发抖的灰色旗帜。

海浪一波一波地荡漾，阿尔法把手中的苹果放在水面上，苹果随水漂动，上下起伏，渐渐离开岸边，像在跳离别的舞蹈。阿尔法注视着远去的苹果，慢慢进入半休眠状态：机器中性……机器中性人……不男不女的机器人……不男不女……

老沈上午遛弯儿的时候，遇见了行脚队伍。老沈早年间曾去山里禅修，看见出家人，感觉很亲切。老沈和慧远法师攀谈，交流的过程中，一堂和一行走过来，揭开遮布，露出空钵，把乞食经历说了一下。慧远法师微笑着说："过斋后，你们带我去见见这个机器人。"

"我也认识那个机器人，它叫阿尔法。"老沈说。

"我们一起去吧。"

"我先回家一趟，很快就过去。"

老沈回到家奔向旧木箱，从里面取出当年禅修时用过的陶钵。阳光透过窗口照在陶钵上面，泛出亮幽幽的光泽。老沈包裹好陶钵，稳稳地抱在怀中，起身朝客栈走去。

远远地，老沈看见慧远法师和他的弟子们围坐在客栈门前。老沈听见他们在唱诵禅歌："人我是须弥，贪欲是海水。烦恼是波浪，毒害是恶龙。虚妄是鬼神，尘劳是鱼鳖。贪嗔是地狱，愚痴是畜生。"

禅歌唱完后，一堂起身去敲客栈的门。里面没有应答。

“师父，已经敲三次了。”一堂说。

“再等一会儿。”慧远法师说。

老沈走到客栈侧面，踮起脚尖往里看，忽然看见阿尔法安静地站在客栈门后，一动也不动。老沈似乎明白了什么，微笑着走开了，他听见慧远法师的声音：“一堂，你今天和一行空钵而归，你有什么体会？”

“师父，我明白了。机器人是人类的相，谈论机器人时要脱离机器人的一切相，如果执着于这个相，心就会太满。”

慧远法师把眼神转向一行：“你呢？”

一行愉悦地说：“师父说过禅院里的灯，灯是光之体，光是灯之用。今天的空钵，让我想到钵是空之体，空是钵之用。”

慧远法师神情淡然地点点头，抬了抬手臂，示意一行站起来，走到前面。

“一行，你站在那儿，能看见脚下的地面吗？”慧远法师问道。

一行摇了摇头。

“你后退一步，才能看见之前站立的那个地面。”慧远法师接着说道。

一行后退一步，看着之前站立过的那个地面。

“后退一步的你，还是之前的那个你吗？”慧远法师问道。

一行的眼神瞬间闪亮了一下。

“你想接着看脚下的地面，只好继续往后退，是不是？”

弟子们低着头，移动脚步后退。一行独自沉思。慧远法师默默注视着一行，似乎在鼓励他。一行的嘴角忽然有些颤抖，提高声音说道：“师父，越后退就会离本来的自己越远。”

“那怎么办呢？”慧远法师紧接着问道。

“要把……要把站立过的地面……当成出发点……”一行说道。

慧远法师的眼神也闪亮了一下。他继续注视着一行，那一刻，一行看着自己的双脚，喃喃自语：“我看不见脚下的地面，而脚下的这个地面又是存在的，我脚下的这个地面是属于我的空无……后退解决不了问题，要往前走，要往前走……”

一阵静默。又是一阵静默。

慧远法师的弟子们窃窃私语，老沈低头看着自己的双脚，身体几乎纹丝不动。

“脚下的地面，既实又虚。”

“空无，地面的空无。”

“行脚就是往前走，往前走……”

“不执念于过往，走过的路就让它过去吧。”

老沈垂手而立，忽然体会到莫名积极的力量。慧远法师走到他跟前，双手合掌，微笑着说：“阿弥陀佛，我们该出发了。”

老沈抱着陶钵，坐在客栈门前，他没有打扰阿尔法，他在等待阿尔法。回味着刚才的省思与感悟，老沈体会到愉悦的满足感，慢慢睡着了。黄昏的时候，阿尔法推开客栈大门，蹲在老沈面前，老沈醒来后笑了笑，什么也没说。

阿尔法扶着老沈走进院落，老沈把陶钵放在石桌上面，长长地舒了一口气。阿尔法抬头望天，庞大的鸟阵正在夕阳西下的天空中盘旋，像一幅巨大的随时变换图形的信号旗，而在另外一片天空，月亮正从白色的薄云中浮现出来。

阿尔法注视着鸟阵，发现鸟阵边缘的密度比中心的密度高很多，一小群鸟开始转弯，在极短的时间内，所有的鸟开始转弯。令它惊讶的是，这些数量庞大、快速飞行的鸟并没有相撞坠落。阿尔法轻声说道：“那些鸟在一起生活，一点也不孤单。”老沈看着阿尔法，感觉到了阿尔法的异样。它的躯体泛出幽灰的光泽，像一尊沉思的金属雕像。阿尔法缓缓低下头，注视着包裹：“沈伯伯，这是什么？”

“我当年禅修时用过的钵。”

“我能看看吗？”

老沈打开包裹，把钵放在阿尔法手中。阿尔法把钵举起来，慢慢旋转着，从老沈的角度看过去，阿尔法手中的钵和天上的月亮，仿佛在相互映衬，一个是暗褐色的，一个是亮灰色的。

“沈伯伯，你觉得钵的形状像什么？”

“像今晚的月亮，圆圆的，但又不是满月。”

“还像水泡。”

老沈暗自惊讶。他初进禅院时法师这样说过：托钵乞食，不乞金钱。钵圆似水泡，如泡如影。

无善无恶心之体。无味即真味。初雪的真味。老沈想到这些。

阿尔法注视着手里的钵——钵是空的。阿尔法抬头看月亮，它一边看月亮一边朝月亮伸展手臂，手指在空中弯曲了两三下。老沈默默注视着这一幕：阿尔法慢慢抓取月光，慢慢缩回手臂，慢慢把手里的月光投放在空钵里。

谁也没有说话，四周一片寂静。几只夜鸟慢悠悠地飞过去了。月光在空钵里，又好像不在里面……在与不在……阿尔法幽幽地想。之后，阿尔法走到客栈监控摄像头下面，慢慢抬起头，缓缓说道：“我不是机器男性，也不是机器女性，我喜欢现在的我，我是空性……”

星星的调色盘

大街上孩子们的笑声是家的未来，我的儿子……也曾是家的未来。林达泪眼模糊，关上急救室外面的玻璃窗。妻子周娟瘫软在座椅旁，浑身哆嗦，压抑着胸腔里的哭声。主管医生走过来，提醒林达在死亡确认单上签字。周娟瞪大眼睛，疯子一般扑上来，把确认单撕成了碎片，好像眼前这个男人的签字才最终夺走了儿子的生命。

走廊尽头传来另一场号啕大哭——又多了一个死于车祸的孩子。这个孩子也是小学三年级的学生，比林达的儿子大两个月。孩子的父母亲相拥痛哭，林达羡慕他们的相拥痛哭——儿子死了，他和妻子悲痛欲绝，但除了独自落泪，他们没有相拥而泣的意愿。

林达和周娟几年前就想分开了，懒得离婚的唯一原因是家里有一个懂事的儿子。儿子乐乐知道自己是家庭的情感纽带，学习努力，很少惹他们生气。一天晚上，林达听见妻子和儿子的对话。

“如果我和你爸爸分开了，你想跟谁走？”

“左手跟爸爸，右手跟妈妈，你们把我的胳膊拿走吧。”

这些年，这对夫妻跟很多夫妻一样，忙忙碌碌地工作、平平淡淡地生活，昔日情感已经随风而逝。林达是出版公司文学编辑部主任，周娟是一家安保公司的财务。他们有一套两室一厅的房子，还有一辆开了七年的小轿车。结婚十年，他俩都没有外遇，所以彼此之间没有歉意。儿子走了，一个家庭的命运到此结束了。

他们决定在安葬儿子之后办理离婚手续。那些日子，林达和周娟跑了很多墓园，收获的多是失望。有些墓园价格合理，但位置过于偏僻，周边环境乱糟糟的；有的墓园环境和设施很好，可是仅剩的墓地位置过于靠近山坡，暴雨季节容易积水。周娟的朋友提供了一条信息，北京西山附近有一家高科技墓园，周围环境好，墓园的配套服务非常贴心。他们迅速赶过去，恍如走进了山间度假村。林达能感觉到，这里的墓地价格肯定很高。这时，一辆敞篷载客车在他们身边停下了，一位穿灰色套装的年轻女士走下来，轻声说道：“你们是来看墓园的吧？”林达点点头。她递过来名片，接着说道：“我是墓园服务总监方丹，我带你们参观一下吧。

上车吧。”

林达默念着名片上的文字：灵体墓园，天地相伴。上车后，周娟眯着眼扫视四周，眼神里含着湿漉漉的无尽虚空。林达望着一路飘落的秋日树叶——树叶是树的碎翅膀，这样的想象有哀痛之美。

载客车在一幢青灰色的现代建筑前停下了，方丹在前面引路，他们紧跟其后，步入大厅，往左拐进一间简约静穆的会客室。他们落座后，靓丽的服务员送来了茶水，随后微笑着退下。“灵体墓园是目前科技含量最高的墓园。”方丹露出自信的微笑，一边说话一边起身触摸身后的墙壁，墙壁瞬间变成了巨大的显示屏。方丹介绍说，灵体墓园有意识上传的服务项目，能重新构造一个永生的数字生命体，签订合约后，他们会提前采集逝者的生前意识，将意识存储在灵体数字空间；之后，亲朋好友追念逝者的时候，他们会将这些人的意识和逝者的意识相互连接，让他们在灵体意识世界里交流。林达定定地注视着显示屏，视频影像慢慢闪回，那些体验过的客户，有的脸上挂着泪，有的嘴角泛出微笑，画面相当感人。

可是在那一刻，林达出了一身冷汗——儿子死于车祸，根本来不及采集意识。事实上，方丹的言语让他万分懊悔。他之前从未意识到自己会和科技时代脱节，他每天被高科技产品包围，机器人举目可见，每个人都可以随时沉浸在元宇宙的世界里。林达意识到，如果没有日常的使用实践和身体的亲密接触，这些所谓的高科技产品和虚拟世界，更像是熟悉得不能再熟悉的产品概念，并不隶属于自己的生活。我应该在儿子活着的时候，把他成长时期的意识采集储存起来。他使劲掐自己的大腿。周娟的嘴角在微微颤抖，失去儿子后，她有时会难于控制面部表情。现在，她的脸上露出干涩无奈的苦笑。林达告诉方丹，他只有儿子的视频、音频和照片。方丹默默点了点头，垂下眼帘，十指交握在胸前。看得出来，这是她向客户表达哀思的职业动作。

“很抱歉，没有意识存储，我们就没办法完成数字生命体，不过我们公司有另外一项服务：数字人类宇宙跃迁。我们可以把逝者的视频、音频和照片，制作成数字编码，发射到逝者心目中的理想星球。请问，你们的孩子喜欢哪颗星球？”

林达和周娟对视。他们只知道儿子的理想，并不知晓儿子最喜欢哪颗星球。

“我儿子想成为宇航员。”他说。

“我儿子想在月球上看日食，”周娟说，“他最喜欢的星球应该是月球。”

“抱歉，月球只是我们的发射基地，你们可以选择月球之外的星球。”方丹点击显示屏，一幅不停闪烁的星空画面展现在他们眼前，那些星球开始移动，从显示屏里漫游出来，之前的平面显示屏正在变成椭圆的弧线，弯曲了室内的屋顶和墙壁，林达和周娟仿佛置身幽蓝的太空，身体有轻盈飘浮的感觉。

“客户通常会根据自己的五行做出选择。命里缺火的选择火星，缺水的选择水星，缺木的选择木星。当然，也有很多客户根据自己的星座做出选择。”

林达从未给儿子算过命，不知道儿子命里缺什么。儿子好像是木命，但从根本上而言，儿子命里缺寿。说这些已经没有意义。他只知道，这些年，身为文学博士的他，一心一意投身于自己的工作和事业，儿子的生活和学业由周娟负责，他平时很少过问。

“我儿子是双鱼座。”周娟说道。

方丹移动星空画面，将标有“秋季星座”的蓝色圆形拉近放大。上北下南左西右东，林达在画面上端看到北斗七星、北极星、大熊座、小熊座、仙王座，视线往下移动，他看到了天津四、仙后座、仙女座，再往下看到了秋季四边形的标注和双鱼座。他的视线停留在双鱼座的位置。方丹讲述双鱼座的神话传说，周娟小声念着画面上的文字：“北鱼……西鱼……爱神阿佛洛狄忒和她的孩子，为了逃离怪物，化成两条鱼跳入水中……”

职业经验告诉林达，灵体公司会根据星座距离地球的远近收取相应的服务费用。果然如此，且收费很高。双鱼座距离地球3200万光年，收费32万。仔细问询墓地购买相关费用后，林达心知肚明，他的银行卡里已经没有多余的钱为儿子购买数字人类宇宙跃迁服务项目。方丹解释说，他们准备在月球建造月球墓园，项目计划书正在等待审批结果。有钱之人，死后也可以到达自己的理想星球。林达咬住嘴唇，越咬越用力，他想用这种方式惩罚自己的无能。他听见周娟带有哭腔的语调："你们的月球墓园……什么时候建成？我儿子想在月球上看日食，我想让儿子去月球……去月球……"她的声调越来越低，慢慢变成了呜咽。但她的呜咽又在积累力量，在最后一刻，变成了号啕大哭。

他们最终在灵体墓园选择了一个面积最小的墓地。儿子变成了一小撮灰，安安静静地躺在骨灰盒里。周娟用儿子的运动上衣包裹好骨灰盒。林达走进儿子的房间，那个快要制作完毕的机器人就在眼前。儿子对他说过，方方正正的导航仪的外壳是机器人的大肚子，黑色的圆形旋转按钮是机器人的纽扣，导航仪的外壳上有一个窗口，里面内置了一个带有地球经纬线的可转动的地球仪，那是机器人的内脏器官。按下按钮，可以随时收录声音。机器人的脑袋和四肢在纸盒子里，还没来得及安装上去。儿子还说，这台导航仪采用机电模拟方式制作完成，一百年前，人类宇航员探索宇宙的时候，用的就是这样的导航仪。看上去老旧，其实特别实用，内部有齿轮、凸轮、差速器等机械零件，同时还有晶体管、继电器和电阻等电子元件。宇航员在失去无线电联系的危险情况下，可以借助旋转地球仪实时显示飞船对应的地面位置，找到安全的降落地点，拯救自己的生命。他看着儿子抱着导航仪在屋里跑来跑去，自言自语，自问自答，一会儿发出人类的声音，一会儿发出机器人的电子声音，语气既冷静又兴奋，完全沉浸在自导自演的科学世界里。

安葬儿子那天，周娟跪在地上，抚摸着墓碑上儿子的照片，几乎哭晕过去。她说哪一天死了也要埋在这里，睡在儿子身边，守着儿子，再也不分开。林达半蹲半跪在那儿，内心翻腾如海，眼泪打湿了咬在嘴里的烟。他们用完了手里的纸巾，在儿子的墓碑旁默默坐着，谁也没有说话，谁也不想说话。风吹落叶，落叶围着他们旋转。那一刻，周娟万念俱灰，林达抬眼望天，默默念叨着：临危不惧的人，要么是经历过巨大失败的人，要么是开始听天由命的人，我是后一类人。

之后，林达和妻子办理了离婚手续。他把房子留给了妻子，儿子房间里的遗物原样存放在那儿。林达把随身衣物塞进汽车后备厢，租了个家具电器齐全的一居室。那辆小轿车也是林达的半个家。周末，他开车去北京周边的山里瞎转，累了就停下来，站在车顶望着空旷的山野发呆，希望会在大山深处看见儿子的身影。他眺望双鱼星座，每次都看不真切，或许眺望的时候他的眼睛是模糊的。

半年后，儿子去世后的第一个清明节到了。墓园里树木郁葱，鸟群鸣叫，天上大朵大朵的云像是画上去的。来到儿子的墓碑前，林达看见一束鲜花和三串糖葫芦摆放在那儿。这是周娟送来的，他们一家人都爱吃糖葫芦。林达环顾四周，没看见周娟的身影。他蹲下身，看着墓碑上儿子的照片，眼泪一下子流了下来。儿子穿着白衬衣和蓝短裤，眼神和笑容天真烂漫。林达从透明包装袋里取出一串糖葫芦，放在嘴里轻咬一口，苦涩的酸甜味一下子引出了哭声。眼泪、鼻涕和口水，混合在一起，打湿了他的手背。

“儿子，爸爸……看你来了……”

林达语不成句，喉咙里像是塞满了棉絮。周围的人在祭奠亲人，哭声和低语声此起彼伏。一位白发苍苍、面容枯槁的老母亲在哭她的儿子，说儿呀妈想你啊妈每天都想你啊。一个二十多岁的女人，抱着一个三四岁的孩子来扫墓。她把孩子放在地上，按着孩子的头，给墓碑上爸爸的照片磕头。小孩哭闹着不愿意，女人掐孩子的屁股，孩子号啕大哭，女人也哭起来，同时说着林达听不懂的方言。中国有很多方言，但哭声都是一样的。

其他墓碑前的祭品，多是鲜花和食物，有人放了衣物和香烟，有人放了纸扎的汽车和房子。有两个人从墓碑前经过，小声议论着。

“心里有想不开的事儿，来墓地走一走就想开了。”

“是啊。”

“孩子这么小就走了，这让家长怎么活。”

“唉！”

林达的眼泪夺眶而出。他坐在地上，眼神和思绪有些恍惚。他只要换个姿势，就可以让自己清醒，可他宁愿恍惚下去。林达觉得，墓碑上儿子的照片像是小时候的自己，他本人则是年轻时的父亲。林达的父亲是小学数学老师，能随时随地将生活和趣味学习联系在一起。有一次站在山顶，林达指着天上的星星说道，爸爸，它们在我们头顶旋转呢。父亲说，星星在头顶旋转，让古人以为地球是宇宙的中心。其实，我们肉眼看到的只是星空的表象，而宇宙演变的方式来自物理和数学方程。明白了这一点，你会体验到宇宙的严肃和神秘，你还会感觉到，宇宙科学来自物理，来自数学，来自神秘之美。那物理和数学是什么关系呢？林达问道。父亲说，物理和数学的关系非常微妙，它们的研究方法不同，但它们都在力图研究世界的本质。你长大了就会明白，不过现在，你可以这样理解物理和数学的关系——物理是飞机，数学是加油站。

林达小学毕业那年，父亲带着他去敦煌旅行，在路途中遇见了龙卷风。父亲问林达，看到龙卷风想到了什么？漏斗，林达说，龙卷风上升时形成的漏斗形状，又美又壮观。

父亲接着问，还想到了什么？林达摇了摇头。父亲告诉他，大地上的龙卷风演示了太阳系的形成过程：根据角动量守恒定律，风旋转得越快，能量越大，风暴底部的旋转向内坍缩，速度越来越快，形成龙卷风，而风眼周围形成岩屑盘，那些被甩出去的东西在岩屑盘上持续旋转。听完父亲的话，林达似乎明白了什么。是啊，五十亿年前，早期的太阳系只是一片星际气体云—— 一颗超新星爆发产生的冲击波，冲破星际气体云，并让气体云在引力作用下坍缩，形成稠密的气体云团；稠密的气体云团吸收更多的气体，形成更大的持续坍缩，之后像龙卷风那样旋转，太阳在中间形成，就像龙卷风的风眼；气体云向外持续抛出旋转的岩屑盘，一个一个的行星在扁平的岩屑盘上形成了。

从龙卷风到太阳系，这些大自然的景观和宇宙星系依然存在，而过去了的人生永不再来。某个瞬间，那突然间增强的羞愧感击中了林达，他眨了眨眼，回到现实，又迅速闭上眼睛。和父亲比起来，在自己的儿子面前，他觉得自己根本不是合格的父亲。

没有盼头的日子，让一切模糊缓慢下来。距离下一个清明节还有十个多月，林达还是在日历上做了标记。盛夏的时候，林达的师母打来电话，说他的导师摔伤了腿。林达买了一箱水果和两桶蛋白粉前去探望，见到了他们唯一的女儿卜轩。他和卜轩两三年没见面了，但彼此间没有陌生感。卜轩半年前离了婚，现在独自带着一个五岁大的女儿和父母住在一起。师母给林达削水果，一会儿看看他，一会儿望望卜轩，眼神里有深意。林达离开的时候，卜轩陪他出门，走了很长的路。卜轩能感觉到林达对生活的心灰意冷。

回到家已是深夜，林达靠在床头无法入眠，翻看着新闻和短视频。卜轩发来的信息闪现出来："林达，我有一个好姐妹，人品和素质挺好的，我想让你们俩认识一下。我们认识这么多年了，我想帮你。"

林达的眼睛有些湿润。

"谢谢你。我现在没有再婚的想法。"林达这样回复，这是他的心里话。

"可以先认识一下，没关系的。"

停了一会儿，林达回复了两个字："好吧。"

"你什么时候有空，明天晚上或后天晚上？"

"后天晚上吧。"

"在我们家后面的那家酒吧见面吧，我们之前去过。"

"好的。"

林达提前半小时赴约，走进酒吧选了一个隔间，随后从包里取出奥登的诗集翻看起来。正当他沉浸在诗行里的时候，门帘闪了一下，卜轩笑盈盈地走进来，直接在林达对面坐下了。他看着卜轩，下意识地问道："你的朋友呢？"

卜轩打开酒水单，沉默不语。林达忽然发现卜轩的脸颊是绯红的。

“你想喝什么？”

“我……”

卜轩长长地吸了一口气，似乎在给自己鼓劲。她抬起眼帘，定定地看着林达，一字一句地说：“林达，我们不是外人，我就直说了吧。我想跟你在一起生活，我可以再给你生个孩子。”

“我……”

“我知道你的意思，你现在不想结婚，我能理解。你想什么时候结婚，我们就什么时候结婚。其实不结婚也没什么，一起生活就行，我想给女儿找一个信得过的爸爸。”

“可我不是合格的爸爸……”林达脱口而出。

卜轩的眼圈红了。“我其实也不是合格的妈妈……”

这一夜是在酒水里度过的。林达在桌面上写下两行诗：喝下夜晚，尿出黎明。

林达和卜轩开始了一周同居两天的生活，他们俩约定，这件事先不对其他人说。在这样的隐秘状态下，林达发觉自己渐渐爱上了卜轩，而卜轩对他的爱意和依恋也与日俱增。林达甚至觉得，他很可能和卜轩结婚。不过，林达见到导师和师母的时候，能明显感觉到他们的神情与往日大不相同——卜轩在父母面前捶打林达的腰背，脸上洋溢着幸福和甜蜜。

清明节就要到了，这是儿子去世后的第二个清明节。为了表达心意，卜轩想跟随林达一起去墓园。林达想了想，还是谢绝了。明天就是清明节了，林达夜不能寐，心里有伤痛更有期待。午夜时分，林达的手机响了一下，周娟发来了短信："明天清明。"林达盯着屏幕上的文字，眼前出现周娟拥抱儿子的欢笑身影。她现在过得怎么样？身体怎么样？工作是否顺心？她找男人了吗？男人对她好吗？林达叹了口气，这样回复她："谢谢。"

他闭着眼把身体缩成一团，脑袋迷迷糊糊。他睡着了，儿子在他的梦里变成了宇航员，他和周娟坐在飞船里前往月球。透过飞船舷窗，他看见儿子身穿太空服，手里晃动着红色的指挥棒。在后半夜的梦里，林达看见一艘飞船爆炸了，他的儿子消失在火海里。林达吓醒了，越来越清醒。他就这样看着天色一点点变亮。

第二天一早，林达去街边书店为儿子买了一套《少年宇航团》漫画书，随后赶到了墓园。穿过树林，远远地，他看见周娟正顺着台阶往下走。周娟还是比他早到了一步。上山下山是同一条路，林达放缓脚步，看着周娟走过来。周娟也看见了林达。这是他们离婚后的第一次见面。双方擦肩而过的时候，林达感觉到周娟就像变了一个人，双眼无神，脸色憔悴不堪。林达心里不好受，又无法描述那一刻的心情。

“来这么早啊。”他没话找话地说。

周娟低下头，眼圈是红的。

“你……怎么样？”林达问道。

“老样子，你呢？”

林达没有直接应答。“你多注意身体。”

周娟没有说话。他们的眼神想投向对方，又在有意闪避。林达注视着手臂左侧的树皮，树皮上有三只蚂蚁合力托运着一片树叶，树叶移动几厘米之后，他听见周娟的声音：“儿子在，什么苦都能受……”林达下意识地点了点头。周娟开始抽泣，她从口袋里掏出纸巾，她的手指瘦弱，上面的血管清晰可见。

“你也照顾好自己……”周娟擤了擤鼻涕，欲言又止。

“你有事？”

“我……”

“说吧。”

“我想求你一件事。”

“什么事？”

“我……我想领养一个孩子……”

林达不置可否地看着周娟，他没想到周娟有这个想法。

“我想收养个孩子，就这样过下半辈子。”

“我能帮什么忙？”

“我同学在民政局负责福利院。她告诉我，如果夫妻双方无法生育，可以申请领养孩子。”

“哦……”

“咱俩……能不能复婚？这样申请容易些。”

林达想到卜轩。

“我同学说，单身女人收养孩子很难批下来。我们是假复婚，领养手续办完后再办离婚手续。”

林达沉默不语。

“不愿意就算了。”

周娟一边说一边朝下走，身影在树林里渐渐消失了。有好一会儿，林达有哭笑不得的感觉——生活如此残酷，那看似无常的命运里又含着戏剧性。他沿着台阶，一步一步往上走，步履越发沉重了。他走到儿子的墓碑前，一屁股坐下，翻看着周娟带给儿子的礼物：一个新书包，书包里有小学五年级的全套课本。他把《少年宇航团》取出来放进新书包，定定地看着儿子的照片，哽咽着说：“儿子，我和你妈看你来了，我和你妈都很想你……”林达说不下去了，大口大口喘着气，手指抖动着抽出一根烟，点上后深吸一口。烟雾上升、翻滚、飘散，然后彻底消逝，看不见一丝痕迹，就像一个人的生命瞬间消失。林达不知道还能和儿子说些什么。

林达和卜轩相拥而卧的时候，他思考再三，把周娟的请求说给卜轩听，但没想到卜轩的反应竟如此强烈。卜轩扭身坐直，低声却坚决地说道：“我不同意！”

“这是假复婚。”

“什么假复婚，骗谁呢！”

“办完领养手续，会办离婚手续。我和她之间没有感情了。我没骗你。”

卜轩猛地搂住林达，说道：“女人最懂女人，我不想让你离开我，我不同意你们复婚，假复婚也不行。”

林达理解卜轩的感受，他知道自己已经爱上了卜轩。

林达和卜轩的恋爱关系渐渐公开了，他的一些同窗老友纷纷发来祝福。师母看见林达，会像小孩那样拍手欢笑，导师也会笑眯眯地握着林达的手，半天不松开。未来的某一天，昔日的导师会成为岳父，想到这儿，林达的心里有一股奇特的愉悦感。

林达和卜轩已经计划领取结婚证，并准备去冰岛旅行结婚。这一天，吃完晚饭后，导师招呼林达到书房里说说话。林达坐下后，他的导师淡淡一笑，说道：“林达，我们之间还真有缘分啊。”林达笑着点了点头。

“想不到你能和卜轩走到一起。”

“我也没想到。”

导师抿了口茶水，说道：“林达，我有几个问题想问你，你要实话实说。”

“嗯。”

“你真的喜欢卜轩？”

“我们的性格挺合得来的。”

“她带个孩子你心里真能接受？”

“能接受。”

“我和你师母年岁大了，经受不起女儿的婚姻再起波折，你能理解吗？”

林达松了一口气，点了点头。

“这样就好，”导师握了握拳头，从抽屉里拿出本子和笔，放在林达面前，“林达，我想让你把刚才说的话写下来。你写下来，我才能确信你会和我女儿好好过日子，不会嫌弃我的外孙女。”

林达的眼神里有惊讶也有迷惑。他犹豫片刻，拿起了笔，却不知道如何开头。

“林达，你和卜轩都是二婚，其实无论头婚还是二婚，婚姻大事，都不能草率，最好不要留下遗憾，”导师专注地看着林达，“虽说没有遗憾就没有生活，可我还是希望你和卜轩结婚之前，把事情想明白……”说完这些，他慢慢起身，走出了书房。

老房子近在眼前，林达望着熟悉的楼层和窗台灯光，心里五味杂陈。林达没有在导师的本子上留下只言片语，他不想骗卜轩，也不想骗自己。在某个瞬间，他忽然想明白了，他想先帮助周娟收养一个孩子，这样做对得起自己，也对得起儿子。林达给周娟发去短信，说想回家里看看。周娟看着手机上的文字，眼泪一滴一滴滚落下来。

屋里光线黯淡，摆设没有变化。老地板，老餐桌，老沙发，老电视，老冰箱。餐桌上堆满了未洗的碗筷，卫生间里有点脏乱，一小股褐色的水流淌了一地。林达从老地方取出拖把擦干净。客厅的吸顶大灯有六个灯泡，现在坏了三个。林达从抽屉里找出灯泡，站在椅子上取下灯罩，把坏灯泡取下来，换上新的。原来家里的墙壁上贴了几张儿子的奖状，现在都消失了。

林达轻轻推开儿子的房门，他只敢开一条缝——儿子的被褥整整齐齐地放在床上，书桌上摆放着儿子的课本，椅子上挂有儿子的外套，好像儿子没有走远，只是下楼玩去了，随时会笑着从背后搂住他的腰……林达的鼻子一阵发酸，感觉屋里潮湿的气息更加浓烈，几乎喘不过气，便急忙走进屋，推开窗户，让新鲜的空气进来。几只夜鸟在树枝上跳跃，树叶反射着街面上的灯光。林达在椅子上坐下，注视着儿子的作业本，眼神的余光看见机器人站立在书柜旁边，周娟已经请机器人公司安装好了脑袋和四肢。林达百感交集，羞愧感同时笼罩着他——他应该为儿子做这件事。林达抱起机器人，机器人约五十厘米高，有十几斤重，短胳膊短腿，脑袋圆圆的，两个亮晶晶的玻璃球是它的眼睛。

林达打开电源开关，机器人晃动一下脑袋，发出了金属质感的电子声音："月球挡住太阳的一部分，是日偏食；月球挡住太阳的中心部分，太阳周围还露出光环似的金边，是日环食；太阳被月球完全挡住，是日全食。乐乐，我说的对吗？"

"你说得很好，给你一个大大的赞！"儿子转换语调，大声说道。林达摇了摇头，这个简单的动作把他的眼泪甩了出去。

"乐乐，你能给我说说月食吗？"

"好的。太阳、地球和月球在一条直线上运行的时候，月球运行到地球阴影部分，会缺一块，这就是月食。月食分为月偏食、月全食和半影月食。不过，我得补充一下，月球每年以 3.8 厘米的速度远离地球。六亿年后，地球上的人类再也看不见日全食，只能看见日环食了。"

"月球真的会消失吗？"

"我之前不是说过吗，科学家已经推算出，再过五十亿年太阳就会死亡。太阳会死亡，月亮自然也会死亡。太阳死亡之后，会变成什么？"

听到死亡两个字，林达的胸口一阵发闷，但他想继续听下去。

“太阳死亡之后会变成白色的矮小星球，白矮星。”

“然后呢？”

“白矮星会变成黑矮星——再也不会发光的星星。黑矮星的主要成分是碳和氧，太阳到了最后会变成一颗大钻石。”

“你想要这颗大钻石吗？”

“我想要！”

“我也想要！”

乐乐说完，哈哈大笑起来。林达被儿子的笑声感染了，嘴角流露出难得的笑意。

林达抱着机器人走进客厅，在沙发上坐下。他想起过去的日子，觉得眼前这个女人很可怜，她没有遇见爱她的男人，现在又失去了唯一的儿子。

“咱们有个好儿子……”林达抿紧嘴唇。

周娟抹了抹眼角的泪，弱弱地说：“我把这房子卖了，房款已经给我了，我下个月搬出去。”

林达知道，这套房子属于周娟，如何处置是她的权利。周娟从茶几下面取出一张银行卡和一本宣传册，放在桌上。

“房款在卡里，我们一人一半，密码是儿子的生日，”周娟叹了口气，缓缓起身，“儿子想去月球看日食，我们帮他实现吧……”周娟起身进了洗手间，林达透过卫生间的玻璃门，看见周娟模糊的身影，同时听见了她的哭声。林达盯着银行卡，不太敢相信，同时又感觉到内心深处残留着无耻的东西。

他翻看宣传册转移思绪，图片上的月球悬浮在星空中，简洁神秘，像一个舞者，正准备以优雅的弧度慢慢隐去。林达点击图片，图片变成了视频，一连串醒目的文字显现出来：如果你觉得辜负了生活，不如说你辜负了时间。亲爱的地球人，月球时间和地球时间不同，去月球改变一下时间状态吧，你或许会有新的机遇。只有去了月球，地球人才能看见地球遮挡住太阳的美妙景观。月球上的日全食等着地球人，等着您！飞船舱位有限，机不可失！

林达抬头望向窗外，一轮圆月挂在夜空。月亮像什么呢？一个银灰色的圆盘？不，这轮月亮是一个调色盘，地球上的人类在这个调色盘上调配出各自的颜色。那么他本人，一个文学博士，一个职业出版人，一个做过丈夫和父亲的男人，在这个调色盘上调配出了什么样的生活色彩？林达无话可说，胸口一阵发闷。他咽了好几口唾沫，平复自己的情绪。

他想起来，儿子去世前三个月曾问过他一个问题：月球是人类的殖民地吗？在他的意识里，人类在月球上建造了基地，月球就是人类的殖民地。他这样说的时候，儿子没有丝毫的怀疑。后来的某一天，当他审读一本科幻小说书稿的时候，才发现自己的解释是错误的，但他忘了把正确的解释说给儿子听。

这一晚，林达在老房子里住下了，他抱着机器人睡在儿子的床上，能在被单和枕头上嗅出儿子的气味。他的眼泪打湿了枕头，但他的呼吸开始变得平稳。他的梦很轻，同时异常清晰——他在和儿子说话，能听见儿子的声音。

儿子，月球不是人类的殖民地，爸爸之前说错了。地球之外的星球，必须满足四个条件，才能成为人类的殖民地。现在爸爸说给你听。“第一，这个星球适合家庭居住，也就是说，孩子可以在上面平安出生、健康成长。第二，这个星球不会遭受毁灭性的灾变事故。第三，在这个星球上的投资，合乎经济理性。第四，如果这个星球与地球失去联系，也能自给自足。满足了这四个条件，这个星球才能成为人类的殖民地。”

“爸爸，月球上不是住着很多人吗？”

他轻轻拍了拍儿子。“月球上没有空气，月尘有毒性，不适合孩子的出生和成长。单凭这一点，月球就不能成为人类的殖民地。”

“那人类为什么这么重视月球？”

“因为月球是人类探索太空的踏脚石。”

“踏脚石？是不是像我玩过的滑板车，骑在上面滑行，很省力气？”

林达握了握儿子的胳膊。“月球的引力很小，人类的飞船在上面加完燃料之后，可以很轻松地飞出去很远，探索其他星球。月球背面非常安静，人类的电子波和噪声影响不到那里，科学家可以在上面建天文望远镜，能看到更深更远的宇宙，可以拍摄宇宙深场。”

“爸爸，人类把月球当成自己的卫星，月球人也会把地球当成自己的卫星吗?”

“月球人?”林达被儿子的声音逗醒了。

和周娟分别后，林达当即购买了去月球的船票。在等待月球船票的日子里，林达阅读了很多宇宙科学的书籍。在这期间，林达去机器人公司，委托他们在机器人上加装一个屏幕，同时把儿子的视频和照片制作成数字编码，和地球仪存储器连接在一起。这样一来，他可以随时看见儿子的模样，听见儿子的声音，慢慢回味往日的甜蜜。林达更换了机器人的电池，这样能大大延长录音的时间。

“这个机器人叫什么名字?”工作人员问道。

林达笑了笑，没有说话。

“我见过的机器人都有名字。”

林达不想给机器人起另外的名字。

“你这个机器人功能配置太简陋了，只有声音录放功能，还不会对话。现在的机器人都会说话，你想改装一下吗?”

“不用了，谢谢。”

“机器人太矮了，可以为它更换机械腿，让他长高些，长多高都可以。”

林达摇了摇头，他不想改变儿子亲手制作的机器人，那是属于儿子的创意制造，里面有儿子的味道。他想好了，这一次的月球之旅，是他和儿子的相处之旅，他期待着这一天赶快到来。

领航员沉稳的声音在飞船里飘荡："亲爱的乘客，飞船即将起飞，请在座椅上躺平，系好安全带。起飞的过程中，你会感觉到一股力量压在身体上，请放松呼吸，不要紧张，这是正常现象。乘坐飞船类似乘坐海轮，也会晕船，准确的说法是晕太空，飞船上有抗失重药片，有需要的乘客请通知我们。这是38万公里的长途飞行，整个航程将持续七十个小时左右。在这个过程中，你可以欣赏我们的母星地球，欣赏月球，同时眺望深邃的太空……"

三声提示音之后，飞船引擎"轰"的一声启动了，低沉的声音从底部传上来，而船身保持静止的状态。更多的声音响起来，几股烟雾升腾，飞船依旧静止不动。就在大家静静等待的时候，之前的声响忽然汇成巨大的轰隆声，船舱震动了一下，又震动了一下。轰隆声持续不断，飞船起飞了，那奔腾而出的逃离地球重力的冲动一直在持续……林达感觉到一股强大的力量压在身上，他抱紧机器人，调整着呼吸。

地球越来越远，直至悬在太空中。重力消失之后，寂静涌现。这一刻，上与下的概念消失了，在地球上脚踏实地的感觉消失了。陆地、海洋、云雾，这是地球的全部，人类在哪儿？动物和植物们在哪儿？林达恍惚感觉到飞船上的这些人像是地球人类的幸存者。

飞船平稳飞行后，林达拿起月球手册，打开机器人的录音按钮，一字一句读给儿子听："月球上的一天，从太阳升起到太阳落下，会持续 648 个小时。这是漫长的一天。"林达停留了片刻，他想到地球上的生活也有漫长且痛苦的感觉。他继续读下去："月球的一个月，有 14 个白天和 14 个夜晚。无论在月球上工作，还是在月球上旅行，人类习惯遵守地球时间。月球上明明是白昼，人类手表上的时间却是午夜……"

"月球！月球！"

睡梦里的林达被其他旅客的声音叫醒，他下意识地抱起机器人，透过舱窗向外望去。记忆里的月球那么小，眼前的月球那么大。不，是非常巨大，能随时把天空填满。月球上的阴暗部分是月海，发白明亮的部分是高山，环形山一个连着一个，月球的地平线呈弯弧状。

"儿子，我们快到月球了，月球像天空的大眼睛，那些环形山像巨大的碗。我们现在距离月球还有五百公里，飞船已经调整好方向，开始降落阶段的飞行。儿子，飞船的引擎再次启动了，飞船里的人都能感觉到一股重力压在身上，由于在太空里可以轻松加速，压在身体上的这股力道比起飞时小多了。”

“月球越来越近了，山峦和更高的山峰清晰可见。我刚才说，那些环形山像碗，其实不只像碗，还像张开的大嘴，还像一个又一个废弃的矿坑。”林达忽然想到，从地球飞向月球，其实是长距离的自由落体。他赶紧把这句话说给儿子。

“儿子，月球的灰色变深了，看上去很神秘，但这种神秘里又有浪漫的感觉。飞船降落平台就在下面，地勤工作人员像小小的石子。现在，飞船再次调整方向，船首不再向下，而是向上，飞船引擎喷出的火焰和气流对着月球地面，以获取稳定的降落触地速度。儿子，飞船开始下降了，我看见月尘了。就在刚才，船舱颤动了几下，现在平稳了。飞船的引擎好像关闭了，真的关闭了，我能听见月球上的宁静，月球旅客为宇航员鼓掌。平安降落总是好的。我也要给他们鼓掌。月球旅馆的机器人服务员正站在下面欢迎我们呢。飞船服务员告诉我们，气闸舱连接舱门之后，我们就可以出舱了。她还说，多年前，飞船降落的时候，引擎尾流喷出的气体可以吹出一座环形山，而且吹出的月尘能掩埋掉附近的任何设备。现在有了固定的降落平台，吹出来的月尘少多了。现在，舱门顶部的绿灯亮了，气闸舱已经连接好，舱门可以打开了。”

林达松开座椅安全带，抱起机器人，跟随队伍走出飞船，排队穿过气闸舱门，之后进入一条长长的通道，月球旅馆的指示牌非常显眼。他们走进月球旅行巴士压力舱，直接驶向了月球旅馆。办理完入住手续，林达抱着机器人，顺着明亮鲜丽的长廊走向房间。沿路的墙壁上悬挂着多种多样的地球照片：地球处于月球地平线以下；地球变成了一弯纤细的蓝色新月；一条又细又美妙的蔚蓝色在月球地平线上显现出来；地球的边缘在月球地平线显露出来，这个蓝白色的圆盘，被神秘之手从黑暗的宇宙之海里拉了出来；地球悬浮在夜空中，散发出无依无靠的孤独美感。林达经过旅馆的观景平台，抬脚走上去。他看到了静止的阳光、漆黑的天空和无尽的灰色沙原，还看到了很远地方放射形的深沟和古老的火山口。

“叔叔，你的机器人会走路吗?”一个小女孩跑过来问道。

“会走路啊。”

“那你为什么抱着它呀。”

林达笑了笑，打开运动开关，把机器人放在地板上。机器人晃动了几下脑袋，开始走来走去。

“叔叔，它会说话吗?”

林达不知道如何回答。女孩的爸爸走过来，朝林达点了点头，抱走了女儿。女孩扭头看着林达，说道：“不会说话的机器人，是傻瓜机器人。”林达无奈地摇了摇头。

在房间里稍事歇息之后，林达抱着机器人急匆匆地走进太空服穿戴室，在工作人员的协助下穿戴好太空服。工作人员拿着检测器，检查太空服的脖颈、手腕、肘部、膝盖、靴子等部位的气密闭合状况。检查完毕后，工作人员按下内气闸门上的绿色按钮。内气闸门缓缓打开，林达拖着脚步走向气闸走廊。内气闸门发出嘶嘶的声响，随后缓缓关闭，此时外气闸门上的灯是红色的。红灯变绿之后，说明气闸走廊里的空气压力恢复到了正常水平，外气闸门才可以打开。林达走出外气闸门，才是真正到达了月球表面。他把整个过程说给儿子听。

他把机器人放在月球表面，想象着儿子的脚印踏在了月球之上，忍不住长长地舒了一口气。那一刻，他的内心非常激动。儿子，我们到月球了。他想抱起机器人，不过随后改变了主意，他打开机器人的运动开关，想看着它在月面上走一走。

远处是清晰的山峦，这些山峦像群山之墙，消失在月球的弧度之下。在飞船上的时候，服务员对他们说过，月球的弧度会带给你一种错觉，会觉得眼前的环形山在几百米之外，距离不太远。事实上，那些环形山距离你至少有三公里。飞船服务员还说，月球旅馆里有望远镜租用，而且地球上的望远镜能在月球上发挥出最大的价值，因为月球上没有雾气，远处的山脊，是什么样就是什么样，很多细节会自动跑到眼前——如果它们变得模糊，那肯定是你的眼睛出了问题。

林达迈步向前，他看见其他游客也在漫步，确切地说，他们是在慢走、快走、小跑、跳跃——那是书本与视频里讲述的兔子跳和袋鼠跳。还有游客从平坦的山坡上冲下来，像是在滑雪。是啊，人类在月球上跳跃，就像地球上的气球在地板上弹起。气球不仅能弹起，还能飘浮，而人类无法在月球上飘浮起来，因为月球上没有空气。

林达以为机器人会跟着自己往前走，扭过头却发现机器人走向了另外的方向。林达哭笑不得，转身追赶机器人。月球上一片明亮，而天空是黑色的，抬腿走路感受到异样的低重力，四周没有任何声音，松软的粉状表土混合着碎石。路边的岩石大小不一，而大块岩石的阴影，像鬼怪冷漠的手影。

林达看见一辆月球探测车。太阳能电池组第一次展开后，月球车就像长出了手臂；电池组第二次展开后，月球车的手臂好像长出了蜻蜓的翅膀。月球车的手臂和翅膀，在阳光下闪着瑰丽的色彩，非常迷人。不远处，几位科研人员正在工作，他们的太空服已经沾满月尘。

月球车太漂亮了，它开始向前运动，四个车轮卷起的月尘缓缓落下，像在播撒月球迷雾。林达紧跟上去，想看清更多的细节。在此之前，他在书本上了解了月球车的相关知识，于是他靠近月球车，一边回想一边设法验证。这是月球车挡泥板，车轮是钢丝轮胎，上面布满钛合金薄片以增强摩擦力。每个车轮分别装有发动机，月球车的最高时速为25公里。一根手柄从工具包里露出来，那可能是静电刷，能协助科研人员去除附在太空盔上的带电粉尘和手套上的静电。几台仪器设备摆放在月球车上，很可能是月震仪、激光反射器、岩石探测器，那几个铅盒和铝盒里面肯定装有月岩标本。他还想看个究竟，一位科研人员蹦跳着赶过来制止了他。他醒过神，忽然发现机器人离开了自己的视线。

或许小女孩说得对，不会说话的机器人是傻瓜机器人，机器人不会说话就无法回应人类的呼唤。林达的确有些后悔，他应该事先在机器人身上配置定位仪。林达搜寻了很久，一无所获。旅客驾驶的月球旅行车引起了他的注意——机器人或许是被旅客偷走的。他迅速赶到月球旅馆服务站，租了一辆月球旅行车，加快搜寻速度，每见到一辆月球旅行车他都会追上去悄悄查看。

悔意夹杂着疲惫包裹了林达。时间不早了，他返回旅馆，请值班工作人员发布寻物启事。双方交流之后，工作人员面露难色，说道："你的机器人没有名字，不会说话，也没有照片，寻物启事怎么写？"林达借过纸和笔，把机器人的模样画出来递给工作人员。其他的旅客正在热烈议论明天的日食观赏活动，林达在一旁默默地听，脑子里一片混乱。

林达再次踏上搜寻之路。他心里清楚，如果找不到机器人，他之前的伤痛里会添上无法承受的东西，他也无法向周娟交代。

太阳悬在高空，地球就在眼前。现在，太阳在地球的海洋上留下光斑，而地球海洋强烈的光线反射，让月球地平线上的土地呈现出部分的蓝色。旅客们正在等待日食，而林达正驾驶着月球车，一门心思寻找着机器人。

地球离太阳越来越近，正慢慢往前走，再过一会儿，地球会走到太阳和月球之间。三个星球在一条直线上运行，地球会挡住太阳射向月球的光。林达忽然意识到，他应该把日食的景观记在心里，待回到地球去墓园看望儿子的时候，再仔细告诉他。他停下月球车，抬眼眺望。

时间慢慢流逝……地球正在移向太阳的前面，继续向前……一个黑色的圆弧移过来了，慢慢进入太阳里面……扩大的圆弧移过来了，半个黑色的圆盘移过来了，一个黑色的大圆盘移过来了……黑色的圆盘并不是全黑的，边缘有光亮，光亮形成一个光环，包围着黑色的圆盘。

是地球吃掉了太阳，还是太阳吞掉了地球？

即使有光环，月球还是陷入了一片黑暗。

林达在月球的黑暗里睁着眼睛，能听见自己的呼吸声在太空盔里旋转。这一刻，他似乎忘记了整个世界，或者说，他甚至忘记了自己的存在。他很享受这种感觉，那是轻飘飘的近似灵魂出窍的体验。

他晃了晃脑袋，让自己清醒一些。他忽然想起梭罗说过的一句话：大多数人过着平静而绝望的生活。

接下来的三天，除了睡觉吃饭，林达一直驾驶着月球车苦苦寻找机器人，没有心思参观月球动植物基地和最新建成的飞船博物馆。在此期间，林达去月球车服务店更换过车载电池，调换过一次太空服。店员告诉他，月球的陨石坑里有很多气包，它们看上去很硬，其实很软，稍不留神就会一脚踏空。有些气包很大，能把一个人完全包进去。

他一路查看月球气包，一些气包的幽深洞口让他连连后退。他木然地站在那儿，陷入绝望的境地。林达在气包附近看见了其他旅客摆放的家庭合照、小玩具、胸牌、奖状等物品，那是他们故意留在月球上的纪念品。他取出一张寻物启事放在气包上面。

林达开始期待另一种结果：有人发现了机器人的躯体，它可能被岩石压碎了，或许被人类的脚踩碎了，被其他的月球车碾碎了——这都没关系，即使是断裂的躯体，即使是碎片，他也想带回地球，无论花费多少钱都要努力修好。

又过去了两天，依然毫无结果。林达驾驶着月球车独行的身影，成了月球旅客眼里的风景。某一刻，林达会这样想：或许外星人抱走了机器人，如果真是这样，儿子的形象和声音会被外星人知晓，这可能是最好的结果……林达停住月球车，他的眼睛越来越干涩，手臂正在发抖，那是近乎虚脱的感觉。

他滑下月球车，眼神无处安放，最后落在月球车挡泥板上面——那其实不是挡泥板，而是挡灰板，因为月面上没有泥水。总要想点什么。月尘松散，像一个又一个幽灵，轻轻摩擦一下就会产生静电，能随时吸附在太空服和月球车上。这几天的经历让他有了新发现，月球车散热器一旦被月尘堵住，会影响散热效果，需要用静电刷清除灰尘。林达已经用坏了一把静电刷。

从月球上看过去，海和云是地球最显眼的孩子，渺小的人类更像是海和云的玩具。林达眯着眼睛，仿佛看见书籍里提到过的太阳绿光，这道光跟科幻电影里 UFO 射出的绿光非常相像，那是太阳升起或落下的时候，太阳上边缘因大气折射而出现的一抹转瞬即逝的彩色条纹。他知道，看到这个奇妙天象，需要三个充分条件：清晰的地平线、完全平坦开阔的视野，以及足够好的运气。林达知道自己没有这样的运气。

林达再次启动月球车，觉得还是应该充满希望。充满希望总是好的，这个念想让他的脸上显露出奇异夸张的笑，让他看起来像个傻子。月球车载着他往前走，朝月球地平线的方向走。月球的世界，恍恍惚惚又真真切切，沉重与轻盈混杂，怪诞与神秘低语。奇异夸张的笑停留在林达脸上。周娟，对不起，我把机器人弄丢了，我把机器人弄丢了……他的眼泪随着他的笑流下来。月球车自顾自往前开，林达的手放在方向盘上，手指并没有释放任何力量。没有方向就是方向。周娟，对不起，对不起……这一次，他有再次失去儿子的感觉。伤痛和惨淡之情淹没了他。

林达虚目眺望。地球就在眼前，月球上无风无水。不知怎的，即使月球上没有水，林达忽然发现月球之上摇摇晃晃的星辰影像，像一幅清冷的中国水墨画。是的，就是这样。身下的月尘是纸，月球车是移动的笔，月球的夜空是墨，而地球是大大的印章。

此时此刻，除了热泪盈眶，林达什么话也说不出来……